富子すきすき

宇江佐真理

JN031616

朝日文庫

本書は二〇一二年三月、講談社文庫より刊行されたものです。

目次

富子すきすき

藤太の帯

一

神田川《かんだがわ》は柳橋《やなぎばし》の袂《たもと》で大川《おおかわ》と交わっている。

江戸では舟運《しゅううん》の役目を担《にな》う大事な川だ。この神田川に臨む浅草橋御門《ごもん》から筋違《すじかい》橋御門までの間は柳原《やなぎわら》という地名で呼ばれていた。文字通り、神田川の土手沿いには柳の樹《き》がびっしりと植わっていたからだ。しかし、江戸の人々にとって柳原は柳並木を愛《め》でる所でなく、古着屋が軒《のき》を連ねる場所という印象が強い。

葭簀《よしず》張りの床見世《とこみせ》（住まいのつかない店）は、いったいどれほどの数があるのか定かに知れない。古着屋と言っても小間物や履物《はきもの》、傘《かさ》、杖《つえ》などを扱う見世も混じっている。一日で全部の見世を廻ることはとてもできないだろう。それほど柳原には古着屋がひしめくように並んでいた。そこは両国広小路《りょうごくひろこうじ》にも近いことから、日中は人通りが途切れなかった。

床見世の中には、もの干し竿《ざお》を渡し、そこへ衣紋竹《えもんだけ》に吊るした着物を隙間なく掛けている。

二畳ほどの店座敷とも呼べない所にも畳んだ着物を山と積んでいる。腰紐《こしひも》の類《たぐい》は束《たば》にして見世の高い所へ括《くく》りつけてある。色とりどりの腰紐が風に靡《なび》く様は、さながら鯉幟《こいのぼり》の吹流しのようだ。客がめぼしい品物を見つけて中へ声を掛けると、主《あるじ》が着物の山の間からぬっと顔を出すという按配《あんばい》だった。

夕方になると古着屋はそれぞれに店仕舞いを始め、暮六つ（午後六時頃）過ぎには、ほとんどの見世の主は葭簀を畳み、それぞれに所持している大八車《だいはちぐるま》に品物ごと積んで塒《ねぐら》へ運ぶ。その時の様子は、ちょっとした引っ越しにも見えようというものだ。

夜の柳原は昼の喧騒《けんそう》が嘘のように、しんと静まり返る。通りすぎるのは小脇に筵《むしろ》を抱え、ねずみ鳴きで客を誘う夜鷹《よたか》ぐらいのものだろう。だからという訳でもないが、世をはかなんだ人間が柳の樹で首を縊《くく》って果てていることも多い。だが、日中の客達はそんなことを意に介するふうもなく、眼を皿にして品物を探し回っていた。かつかつの暮らしをしている江戸の庶民にとって、古着屋はなくてはならない商売だ。お望み次第で、ありとあらゆる衣服が手に入った。

驚いたことに大名の息女が着ていたと思われる裲襠《うちかけ》まで売りに出されている。赤い地に金糸銀糸で精巧に縫い取り（刺繡《ししゅう》）を施《ほどこ》した裲襠は衣紋竹に吊るされて床見世の目立つ場所に飾られていた。同じような床見世が並んでいるので、見世の主は人の目を引くように飾りつけを工夫しなければならない。その裲襠は看板の役目も果たしているようだ。

「およし、きれいな裲襠ね。どこかのお姫様の持ち物だったのかしらん」

おゆみは微熱のせいでもなく上気した表情で女中のおよしに言った。そぞろ歩くおゆみに格別ほしい物はなかったが、古着屋の並ぶ様を眺《なが》めるだけで何やら気持ちが弾《はず》んだ。

桜が終わった江戸はそろそろ陽射《ひざ》しも夏めいて感じられる。おゆみは鼻の頭に芥子《けし》粒《つぶ》のような汗を浮かべていた。くっきりとした二重瞼《ふたえまぶた》の眼は、いつも泣きやんだ後のように潤《うる》んでいる。

「さようでございますね。御所車《ごしょぐるま》の縫い取りも見事なこと。お嬢さんがお召しになったら、よくお似合いになりますよ」

女中のおよしが愛想を言った。およしはおゆみが生まれた時から家にいる女中で、外出の際にはいつもおゆみにつき添ってくれる。

「ばかね、およし。あたしがこれを着てどこへ行くと言うの？」

おゆみは苦笑した。今年十六になるおゆみは胸も薄く、腕や足は折れそうなほど細い。

同じ年頃の娘達に比べ成長が遅いのは、子供の頃から病《やまい》がちだったせいだ。食も細いので、およしはおゆみに何んとか食べさせようと腐心している。しかし、おゆみは小さな茶碗にちょっぴりしかごはんが食べられなかった。

本当はその日も自分の部屋でじっとしていたかったのだが、父親の弥兵衛《やへえ》が「外はいい陽気なのに、お前はいつまで家にとじこもっているつもりだ。そんなことだから身体《からだ》が丈夫にならないのだ」と嫌味《いやみ》を言った。おゆみは渋々、およしと一緒に散歩へ出たのだ。

「お部屋に飾ったら少しは気晴らしになるんじゃございませんか」

およしはおゆみの気持ちを引き立てるように勧める。

「眺めるだけじゃつまらない。身につけるのじゃなきゃ」

おゆみはそう言って、裲襠を飾った店の前を通り過ぎた。

「ご気分はいかがですか。あまり長くいらしては人に酔ってしまいますよ」

覚つかない足取りのおゆみを心配しておよしは言う。まだ昼前だから人出はそう多くなかったが、それでも行商人ふうの男、商家の手代《てだい》らしい男、半纏《はんてん》姿の職人風の男、中年の町家の女房達など、様々な人々がおゆみの前を通り過ぎて行く。

「平気。ただひやかしているだけでも楽しい」

おゆみはおよしを安心させるように笑った。

「さようでございますか。それならよろしいですけど」

およしは仕方なく応《こた》える。本当は古着屋よりも汁粉《しるこ》屋の方に行きたいような表情だった。

「およしは何かほしい物はないの？」

おゆみはふと気付いたように訊《き》いた。

「この年になると、ほしい物なんてありませんよ」

今年三十八のおよしは、にべもなく吐き捨てた。装うことより滞《とどこお》りなく奉公を続けるのが肝腎《かんじん》と思っている女である。質素な身なりからもそれは察せられた。

「あら、そうかしら。女はいつまでも着る物や頭に飾る物が好きよ。うちのおっ母《か》さんがいいたとえじゃないの。四十を過ぎているのに、季節の変わり目には呉服屋を呼んであれこれ品定めしてるじゃない」

「お内儀《かみ》さんはお芝居がお好きですからね。お芝居見物となったら途中でお召し替えしなきゃなりませんもの」

「簞笥《たんす》や長持《ながもち》に入り切れないほどあって、それでもまだ新しい物がほしいのだから呆《あき》れちゃう」

「でしたらお嬢さんも、お内儀さんに負けないようにお着物を誂《あつら》えたらよろしいですよ」

「いいのよ。着物を誂えてもあまり着る機会がないと思うから。どうせなら寝間着か浴衣《ゆかた》を揃《そろ》えた方がいいのよ」

「お嬢さん……」

およしの声が湿った。どこが悪いという訳ではないが、日によって身体が重くて仕方のない時が、おゆみにはある。口を衝《つ》いて出るのは「疲れた」の言葉ばかりだ。家の手伝いもせず、ただ寝たり起きたりしているだけで、どうしてこんなに疲れるのだろうか。おゆみはそれが自分でも不思議でたまらなかった。

掛かりつけの医者は胃《い》ノ腑《ふ》が弱いだけだと言うが、本当にそれだけなのだろうか。この様子ではよそにお嫁入りすることも難しいし、長生きもできそうにないと思っている。それなのに父親の弥兵衛は、おゆみのことを「ぶらぶら病」だと罵《ののし》る。おゆみの三人の兄はいずれも風邪ひとつ引かない丈夫な身体をしているので、なおさら一人娘のおゆみが意気地《いくじ》なしに思えるのだろう。せめて父親をいらいらさせない程度に元気になりたいものだとおゆみは思っていた。

通り過ぎる人々は、さほど裕福そうには見えなかったが、誰も彼も元気な顔をしている。

(あたしにその元気をいくらか恵んで)

おゆみは胸で独りごちた。

「さあ、お嬢さん。そろそろお店に戻りませんと旦那《だんな》さんやお内儀さんが心配なさいますよ」

小半刻《こはんとき》(約三十分)ほど過ぎるとおよしは帰宅を促《うなが》した。少し息が上がってきたおゆみも「そうね」と素直に肯《うなず》き、踵《きびす》を返した。

とその時、すぐ近くの床見世に飾られていた一本の帯がおゆみの眼に飛び込んできた。

「およし、あの帯、変わっているね」

「どの帯ですか」

およしはきょろきょろと辺りを見回す。

「あの帯よ。ほら、あそこの黒い帯よ」

おゆみはそっと指差した。日除《ひよ》けの簾《すだれ》にその帯は括りつけられていた。黒っぽい地に変わった髪型の人物が縫い取りされている。ちょいと見ただけでは、その人物が男なのか女なのか定かにわからない。

その人物の周りには大蛇《だいじゃ》のようなものが取り巻いていた。大蛇のようなものが吐《は》く赤い気炎も丁寧に縫い取りされている。地味な色合だが、奇抜な柄《がら》がおゆみの眼に留まったのだ。

「おお、気味が悪い」

およしは大袈裟《おおげさ》に顔をしかめた。

「お嬢さん、お目が高い」

床見世の奥から三十五、六の少し眇《すがめ》(斜視)の男が出てきておゆみに声を掛けた。男の恰好《かっこう》は妙だった。恐らくは誰も買ってくれない売れ残りを普段着にしているのだろう。

縞《しま》の単衣《ひとえ》の上に花色の袖《そで》なしを羽織り、裾《すそ》をすぼめた鶯《うぐいす》色の袴《はかま》を穿《は》いている。おまけに頭に柿《かき》色の投げ頭巾《ずきん》まで被《かぶ》っていたので、古着屋ではなく飴《あめ》売りのようにも見えた。

「この帯の柄は何か曰《いわ》くがあるのですか」

おゆみは帯から眼を離さずに訊いた。

「俵藤太《たわらのとうた》の百足《むかで》退治を描いております」

店主らしい男は得意そうに応えた。

「俵藤太……百足退治……」

おゆみは鸚鵡《おうむ》返しに呟《つぶや》いたが、その名も謂《いわ》れも知らなかった。

「さようでございます。俵藤太は平将門《たいらのまさかど》の首を取った武将ですが、龍神《りゅうじん》のお姫様から縋《すが》られて百足退治に乗り出したこともございます。まあ、伝説ではございますが」

「それで百足退治は成功したのですか」

おゆみは早口に訊いた。

「もちろんですとも」

男は自信たっぷりに言う。

「どうしてこんな帯を作ったのかしらん。普通の女の人ならとても手を出さないと思うけど」

誰が締《し》めたものやらと、おゆみの興味はそちらへ向いた。

「手前もよく存じませんが、何んでも病を得たお大名のお姫様が俵藤太の百足退治をする夢をごらんになったとか。それで験《げん》かつぎに出入りの呉服屋へ注文されたそうでございます。その後、お傍《そば》の女中に下げ渡され、巡りめぐって手前の所に回ってきた次第でございます」

「お姫様の病は癒《い》えたのでしょうか」

「さあ、めでたく本復《ほんぷく》されたか、それともはかなくなっておしまいになったか。実際に締めた跡がございませんのでわかりません。帯は眺めるものではなく、締めるものですからね」

男はそんなことを言う。本当は亡くなったのだろうと、おゆみは思った。しかし、古着屋の男は、都合の悪いことは喋《しゃべ》らなかった。

「この帯を締めたら、きっとお元気になられたと思うのだけど……」

「そうです、そうです。お嬢さんがお締めになったらお元気でお過ごしになれますって」

男は景気をつけた。

「これは絹ではないようですね」

およしは目ざとく口を挟《はさ》んだ。

「はい、確かに。地は木綿《もめん》でございますが、縫い取りで隙間なく縫い潰《つぶ》しております。それはそれは手の掛かった品でございます」

「およし、あたし、これがほしい」

おゆみは張り切った声を上げた。

「おやまあ。こんな奇妙きてれつな帯がお気に召したんでございますか」

およしはそう言って、そっと男の顔色を窺《うかが》った。男は脈ありと見て、ぐっと首を伸ばした。

「いかほどでござんしょう」

およしは蓮《はす》っ葉《ぱ》な口調で訊いた。

「お勉強させていただいて一両と言いたいところですが、二分《ぶ》でいかがですか」

二分は一両の半分である。

「二分とは驚きだ。それなら呉服屋で新品が買えるというものだ」

およしが小意地悪く言うと、男は弱ったなあという感じで頭を掻《か》いた。

「およし、二分でもいいのよ。あたし、これがほしいのだから」

おゆみは値切るおよしが見ていられずロを挟んだ。早く買って帰りたかった。およしは悪い女ではないが、ずけずけしたもの言いをするので、おゆみは時々、閉口する。

「ですがお嬢さん」

およしは不服そうだった。

「これはね、お守りにするつもりなのよ。百足退治をした強い武将の柄の帯なら、きっと元気を貰《もら》えそうだから」

「そうですとも。この帯をお持ちになれば、きっとお嬢さんのお守りになるはずです」

男も大きく肯いた。

「わかりましたよ。でも、今は持ち合わせがありませんから、後で届けてくださいな。お代はその時にお支払いしますよ」

およしがそう言うと、男はつかの間、言葉に窮《きゅう》した。その場の現金払いが床見世を商う者の常《つね》である。おゆみも俄《にわか》に不安を覚えた。

高飛車な態度で値踏みしながら、持ち合わせがないでは道理が通らない。

「誰が二分もの大金を持って柳原の古着屋くんだりまで来るもんですか」

だが、およしは構わず続けた。

「お宅はどこでしょうか。あまり遠い所ならお引き受け致しかねますが」

男は仕方なく応えた。

「神田鍋町《なべちょう》の結城屋《ゆうきや》という煙草屋《たばこ》ですよ。ご存じありませんか」

およしは怒ったように言う。

「結城屋さんならよっく存じております。へい、承知致しました。夕方にはお届けできるかと思いますが、何卒《なにとぞ》、お支払いの方はよろしくお願い致します」

男は結城屋の名前を出した途端《とたん》、表情を和《やわ》らげた。

「きっとよ、古着屋さん。待ってますからね」

おゆみは縋るような眼で念を押した。

二

古着屋宇三郎《うさぶろう》が結城屋を訪れたのは暮六つを半刻（約一時間）ほど過ぎた頃だった。もっと早く訪れるつもりだったのだが、店仕舞いする時になって紋付羽織を求める客がやって来て、自分の家の紋所のついた羽織はないかと品物を引っ繰り返して探したものだから、後始末に往生した。結局、客の探していた羽織は見つからず、無難な桐《きり》の紋所のついた羽織に落ち着いた。やれやれとひと息つくと、早や、他の床見世は引き上げた後だった。

慌てて見世を畳み、平永町《ひらながちょう》の塒に荷物を運ぶと、すぐに神田鍋町へ向かった。

案の定、二階造りの結城屋は表戸が閉まっていた。宇三郎は脇の小路を入り、勝手口へ回った。

勝手口の油障子《あぶらしょうじ》を透かして灯りが見えた。

女中達が晩めしの後片づけをしている様子である。

「夜分、ごめん下さいやし。手前、柳原の古着屋でございます。品物をお届けに参じやした」

そう声を掛けると、中の物音は一瞬止まった。だが、すぐに油障子が開いて、日中、娘につき添っていた女中が顔を出した。

「遅かったじゃないですか。お嬢さんは待ちくたびれてお休みになりましたよ」

確かおよしと呼ばれていた女中が、ちくりと嫌味を言った。

「申し訳ありやせん。ちょっと客が立て込んでばたばたしたものですから」

宇三郎はもごもごと言い訳した。

「まあ、ご繁昌《はんじょう》で結構ですね」

およしは皮肉に応える。宇三郎は、そのもの言いに、むかっ腹が立ったが、長年奉公している女中なんて、皆、こんなものだと思い直し、へいへいと頭を下げた。

「今、お内儀さんをお呼びしますから、そこで少しお待ちなさいましな」

およしはそう言うと、台所の板の間から奥の方へ向かった。後に残ったのは十四、五の田舎《いなか》娘のような女中だった。

「奉公は辛くねェですか」

宇三郎は台所の板の間の縁《ふち》にそっと腰を下ろして声を掛けた。女中の立っている所は土間になっており、流しの横には水瓶《みずがめ》と竈《かまど》が設《しつら》えてある。竈の上に荒神《こうじん》の札が貼ってあった。

「大丈夫です」

女中は恥ずかしそうに応えた。

「ここのお嬢さんはあまり身体が達者じゃねェようですね」

宇三郎は腰の煙草入れを取り出し、傍にあった煙草盆を引き寄せながら言った。

「ええ。風邪を引くと、もう大変なんです。お熱が出て。でも旦那さんには、ぶらぶら病だと思われているようで、お気の毒です」

「そうですかい」

宇三郎は煙管《きせる》に火を点《つ》け、白い煙をもわりと吐いた。

「お優しい方ですから、あたしもお嬢さんがお元気になられるといいなって、いつも思っております。神田明神《みょうじん》さんにもお参りしているんですけど、ちっともご利益《りやく》がなくて」

女中はおよしがいないせいで、気軽にお喋りを続けた。

「神田明神？　そりゃいけねェなあ。どうせなら山王《さんのう》さんか八幡《はちまん》さんにしなくちゃ」

宇三郎はそんなことを言った。女中は手を止めて「どうしてですか」と、怪訝《けげん》そうに訊いた。

「えっと、それはですね……」

言い掛けた時、およしがお内儀を伴って現れた。宇三郎は慌てて煙管の雁首《がんくび》を灰吹きに打ちつけると立ち上がった。

「おや、あなたさんは煙草のみかえ」

細面《ほそおもて》の顔から想像もできない低く太い声でお内儀が訊いた。しゃれた太縞の着物に更紗《さらさ》の帯を締めた粋《いき》な女だった。

「へい、これが手前の楽しみでして」

「嬉しいこと。これ、およし、煙草の包みをひとつ差し上げて」

お内儀はおよしに命じる。

「よろしいんですか」

「うちは煙草屋だよ。これから古着屋さんがうちの客にならないとも限らない。ほんの引き札（広告）代わりだよ」

お内儀は太っ腹に言う。

「畏《おそ》れ入りやす」

宇三郎は恐縮して頭を下げた。

「それで、うちの娘が見立てた帯とはどんな物だえ。見せておくれでないか」

お内儀ははやる気持ちを抑《おさ》え難い様子で宇三郎を急《せ》かした。

「へい」

宇三郎は携《たずさ》えたこげ茶色の風呂敷を解《と》き、藤太の帯を取り出してお内儀の前に拡げた。

「おやまあ」

お内儀は感心したような、呆れたような声を洩《も》らした。

「お嬢さんはこれをお守り代わりにしたいとおっしゃっておりやした」

「俵藤太だね。まことの名は藤原秀郷《ふじわらのひでさと》だ」

「よくご存じで」

「知っていたともさ。うちのご先祖様を辿《たど》って行くと、このお人の一族になるそうだ。誰も信用しないけれどね」

「そんなことはございません。結城屋という屋号がそれを物語っております」

宇三郎はきっぱりと応えた。

「嬉しいねえ。うちの娘がこの帯に眼を留めたのも何か因縁《いんねん》を感じるよ。本当にお守りになってくれたらいいのだけど」

「この帯は、きっとお嬢さんをお守りするでしょう」

お内儀は宇三郎の言葉にしゅんと洟《はな》を啜《すす》った。それから帯の間から紙入れを取り出し、代金の二分をあっさり払ってくれた。おまけに煙草のひと包みをつけて貰い、宇三郎はすこぶるいい気分で塒に戻った。

しかし、その後、宇三郎が藤太の帯を締めた結城屋の娘を見ることはなかった。おゆみは梅雨《つゆ》明けのいやという暑さになった頃、ひっそりと息を引き取ってしまったのだ。最期は苦しまず、穏やかな表情だったことが結城屋夫婦の僅《わず》かな慰《なぐさ》めだったと、宇三郎は人の噂《うわさ》で聞いた。

おゆみの通夜にはなかよしの四人の娘達が集まった。皆、今川橋《いまがわばし》の袂で女筆指南《にょひつしなん》の看板を掲げている比企《ひき》あやめという師匠の弟子だった。むろん、おゆみも体調のよい時は師匠の所へ通っていた。

あやめは娘達と一緒に盛んに眼頭を拭《ぬぐ》っていた。おゆみの早過ぎる死が悔《く》やまれてならなかったのだ。

女筆指南とは娘ばかりの手習所《てならいどころ》のことである。年頃の娘を持つ親の中には男の子と机を並べることを嫌う者がいたので、あやめの商売も成り立っている。あやめは女子の嗜《たしな》みとしての書道に力を入れて指南していた。

僧侶の読経《どきょう》が始まると娘達の泣き声は高くなった。十軒店《じっけんだな》の飾り物屋の娘おくみ、神田鍛冶町《かじちょう》の瀬戸物屋の娘おさと、幕府小普請組《こぶしんぐみ》の下河辺《しもこうべ》大五郎《だいごろう》の娘おふく、それに小伝馬町《こでんまちょう》の牢屋敷に務める牢屋同心赤堀進次郎《あかほりしんじろう》の娘おたよだった。おくみとおさとは十六歳、おたよは十七歳、最年長のおふくでさえ十八歳と、皆、おゆみとさほど年の違いのない十代の娘達だった。

読経が終わり、通夜の客達がそれぞれに車座になって酒を飲み始めると、娘達と師匠のあやめも部屋の片隅で茶や菓子に手を伸ばして思い出話を語り出していた。

「おゆみちゃんと最後に会ったのはいつだったかなあ」

瀬戸物屋の娘のおさとが思い出すように天井を見上げた。いかにも江戸の町娘という感じでちゃきちゃきした口調で話す。

「あたしは向島《むこうじま》へお花見に行った帰りに桜餅《さくらもち》を届けた時だったよ」

飾り物屋の娘のおくみが饅頭《まんじゅう》を頬張《ほおば》りながら応えた。甘い物好きなので他の娘達より肥えている。細かいことにはこだわらない性格でもある。

「こんな時、よくパクパク食べられるわね」

下河辺大五郎の娘のおふくが苦笑交じりに言った。父親が小普請組なので、他の娘達に比べて身なりが質素である。小普請組は役禄のつかない非役の幕臣である。それゆえ、おふくの両親も普段は内職に励んでいる。

しかし、おふくはあやめの弟子の中で一、二に挙げられるほど書に堪能《たんのう》だった。おふくは時々、おくみの母親に奉書紙の上書きを頼まれることがあった。飾り物屋は正月の注連縄《しめなわ》を売り出す師走《しわす》がかきいれ時だが、その他に結納品《ゆいのうひん》、武家の息子が元服をする時に用意する蓬萊台《ほうらいだい》などの注文も受けつけている。忙しくなるとおくみの家はおふくをあてにするのだ。

もちろん、おふくはそれがいやでなかった。おくみもその母親も、おふくに内職させてやっているのだという横柄《おうへい》な態度をしない。助かるよ、恩に着るよ、と心から言ってくれるので気持ちよく手伝いができるのだ。

「おゆみちゃんは、あたしがお菓子を食べる顔を見るのが好きだと言ってくれたのよ。供養《くよう》にもなると思う」

おくみは、しゃらりと言った。

「相変わらず理屈を捏《こ》ねるのがお上手だこと」

赤堀進次郎の娘おたよも苦笑したが、祭壇の位牌《いはい》を見つめるあやめに気づくと、はっとしたように笑みを消した。あやめは若い頃、さる大名屋敷へ奉公していた。長年修業した書の腕を買われてのことだった。その後、あやめは室町《むろまち》の質屋へ嫁《とつ》ぐためお務めを退《の》いた。

しかし、結婚生活は三年と続かなかった。亭主となった男が病に倒れ、看病の甲斐《かい》もなく、呆気《あっけ》なくこの世を去ってしまったからだ。子供もなかったことからあやめは婚家を去り、今川橋の袂の一軒家を買い、そこで得意の書を娘達に指南するようになったのだ。

「おっ師匠《しょ》さん……」

おたよはそっとあやめに声を掛けた。あやめは我に返ったような顔で慌てて手巾《しゅきん》で鼻の下を押さえると、「いいかえ、皆んな。おゆみちゃんの分までしっかり長生きするのだよ。おゆみちゃんは、きっとそれを言いたかったと思うから」と、娘達を見回して言った。

娘達は俯《うつむ》き、低い声で「はい」と応えた。

「おっ師匠さん、皆さん、本日はよくいらして下さいました。おゆみもきっと喜んでいることだろうと思います」

結城屋のお内儀のおたんが傍に来て、眼を潤ませながらそう言って頭を下げた。

「小母《おば》さん、お力を落とさないようにね」

おさとが気の毒そうにおたんへ言った。

「ありがと、おさとちゃん」

おたんは泣き笑いの表情で応えた。

「お内儀さん、あたしも何んと申し上げてよいのかわかりませんよ」

あやめはおたんの肩にそっと手を置いて言う。

「おっ師匠さん、何もおっしゃらなくてよござんすよ。娘は寿命と諦《あきら》めておりますから」

おたんはそう言いながら、ぽろぽろと涙をこぼした。小母さん、小母さんと娘達が励ます声を掛けた。

「ありがと、本当にありがと。おゆみはよい友達に恵まれて倖《しあわ》せ者ですよ。それでね……」

おたんは気を落ち着けるようにこほんと咳払いをすると、「形見におゆみの着物や帯などを皆さんに貰っていただきたいのですよ。ほら、おゆみには姉も妹もいませんからね。倅《せがれ》の嫁達は病人の着ていた物なんていらないと言っているのですよ。あたし、悔しくって」と続けた。娘達はどうするという感じで顔を見合わせた。

「はい、ありがたく頂戴致しますよ。そうだね、皆んな」

あやめはその場をまとめた。

「そ、そうですか。それじゃ、初七日《しょなのか》の法要が終わりましたら、その後で。よろしいかしら。またご足労をお掛けすることになりますが」

おたんの言葉に娘達は一様に首を振り、そんなことは一向に構わないという表情をした。

おたんは、きゅっと笑顔を見せたが、また涙に咽《むせ》んでいた。

三

庭の見える六畳間がおゆみの部屋だった。

隣りがおゆみの両親の寝間になっているので、縁側に出ればおたんは気軽におゆみの様子を見に行けたようだ。おゆみの部屋には箪笥や鏡台も置いていたから、普段でも手狭である。そこへ色とりどりの着物や帯が畳の目も見えないほど拡げられたので、障子を開け放していても部屋の中はむっとするような蒸し暑さだった。

縁側に座ると僅かに風が感じられた。おくみは衣裳の品定めをするより西瓜《すいか》を頬張るのに忙しかった。おゆみの初七日の法要には約束通り娘達が集まった。皆、無地の着物に黒い帯を締めた恰好だった。法要が終わると、おたんは客達に簡単な精進《しょうじん》料理を振る舞った。それを食べ終えると、娘達だけおゆみの部屋へ移り、形見の衣裳を並べて、あんたにはこれがいいとか、あたしはこれがほしいとか、かまびすしい声を上げて品定めしていた。住み込みの若い女中のおきみも娘達の接待を命じられておゆみの部屋にいた。縁側には菓子鉢と切った西瓜をのせた盆が用意されていた。

仏間の方から、他の客達の話し声が微《かす》かに聞こえてくる。その中にはあやめも混じっていた。娘達の眼には、おゆみの両親も三人の兄達も哀しみが癒えていないように見えた。無理もない。まだ初七日を迎えたばかりである。

「ほら、おくみちゃん。西瓜なんて後にして何か選んだらどう？」

おふくが手を止めておくみに言った。

「あたし、おゆみちゃんとは体格が違うから、いただいてもすぐには着られない。遠慮するよ」

おくみは投げやりに応える。

「これは形見分けなのよ。そんなことを言ったら、おゆみちゃん、がっかりしますよ」

おふくは年上らしく窘《たしな》めた。

「はいはい」

おくみは口の周りを拭うと、ようやく座敷へ向き直ったが、縁側の板の間に座っていたおきみを、ちらりと見て「あんたは？　あんたは何かほしくないの」と訊いた。

おきみはさきほど娘達に茶を淹《い》れたのだが、皆、衣裳の品定めに忙しく、湯呑《ゆのみ》に手を伸ばす者は誰もいなかった。

「あたしは……お嬢さん方が選ばれた後で結構です。お内儀さんもそうおっしゃってましたし」

おきみは遠慮がちに応える。

「藪入《やぶい》りで家に帰る時、ぱりっとした恰好をしていると、おっ母さんが喜ぶよ。さあ、選んで」

おくみは鷹揚《おうよう》に言った。おたよは「さすがに水谷屋《みずたにや》さんの娘ね、おくみちゃんは気配りがよろしいこと。あたしも見習わなきゃ」と感心した顔になった。水谷屋はおくみの家の屋号である。

「いやいや」

おくみは照れて顔の前で掌《て》を振った。その後でおくみは藤太の帯に眼を留めた。

「何んだろう、この帯。おゆみちゃん、こんな帯がお好みだったのかな」

そう言うと、他の娘達も一斉に帯を見つめた。

「それはお嬢さんが柳原の古着屋さんからお求めになった帯ですよ。お嬢さん、とてもお気に入りで、お休みになる時もお蒲団《ふとん》の上に掛けていらっしゃいました。俵藤太の百足退治を描いたものだそうです。お嬢さんはお守り代わりだとおっしゃってました」

おきみは撫子《なでしこ》の柄の小袖を引き寄せて、おずおずと言った。

「あんた、それがいいの？」

おくみは確かめるように訊く。おきみはこくりと肯いた。

「そいじゃ、帯はどれがいいかしらねえ。百足の帯はいや？」

そう訊くと、おきみは慌ててかぶりを振った。

「そうよねえ、これじゃあねえ」

おくみはため息をついて言う。

「おきみちゃん、これはどう？」

おふくが臙脂《えんじ》色の帯を取り出して勧めた。

おきみは嬉しそうに肯いた。おふくは法事に使う黒い帯と無地の小豆《あずき》色の着物に決めたようだ。弔《とむら》いや法事のある時は母親の着物で間に合わせてきたという。おくみも普段着の帯を二、三本と、縫い直さなければならないが単衣と袷《あわせ》を一枚ずつ貰うことにした。他の娘達もそれぞれに選んで、持参した風呂敷に包んだ。

結局、後に残ったのは藤太の帯だった。

「おゆみちゃんの着物や帯は、たいてい小母さんのお見立てだったと思うの。おゆみちゃんが自分で選んだものは、これだけだったんじゃないかな。おゆみちゃんの思いも一番込められているはず。多分、でも、皆んなはこれを選ばなかった。それじゃ、おゆみちゃんに悪い気がするよ。本当に誰も欲しい人はいないの?」

おさとが皆んなを見回したが、誰も自分が貰うと言う者はいなかった。

「それじゃ、供養だと思って、ひと月ずつ交代で締めない? そうすればおゆみちゃんの気が済むはずよ」

おさとは名案を出したが、おくみは首を振った。

「だって、お守り代わりにおゆみちゃんがこの帯を買ったのに、ちっとも役目を果たさなかったじゃない。縁起《えんぎ》が悪いよ。悪いけど、あたしはいらない」

「おくみちゃんの言うこともわかりますよ。でもね、この帯だけ残すのは、おゆみちゃんにも小母さんに対しても失礼なことだと思うのよ」

おふくは承服できない顔で言った。

「じゃあ、おふく姉さん、おさとちゃんの言ったように交代で持つしかないってこと?」

おくみがそう訊くと、他の娘達は顔を見合わせた。

おふくは決心を固めたように「それじゃ、まずあたしが引き取って様子を見ることにしますよ。もしも縁起が悪いようなら、おゆみちゃんの檀那寺《だんなでら》に持って行って、住職に事情を話して供養することにしましょうよ。それならいいでしょう? もっとも、あたしは縁起なんてかつぎませんから大丈夫ですよ」と、言った。

「さすがおふく姉さん」

おさとは感歎の声を上げた。

おふくが連雀町《れんじやくちよう》の家に戻ったのは夕方近くになってしまった。おゆみの形見分けをした後で、つい話に花が咲いていて時間を忘れてしまったのだ。夕食の手伝いに遅れたと気づき、おふくは神田鍋町の結城屋から小走りで家に戻った。しかし、すでに茶の間では箱膳《はこぜん》が並べられ、父親の下河辺大五郎が晩酌を始めていた。弟と妹も箸《はし》をとっている。

「遅くなりまして申し訳ありません」

おふくは首を縮めて謝った。床の間を背にした大五郎は浴衣の胸を大きく開け、薄い胸を見せながら「先に喰っていたぞ。ささ、お前も着替えをして膳につけ」と優しく言った。

母親のおさきも目許《めもと》を緩めて肯いた。十五歳の弟の継道《つぐみち》と十歳の妹の芳乃《よしの》は「お帰りなさい姉上」と声を掛けた。

夕食のお菜《さい》は鰯《いわし》の煮付けと高野豆腐《こうやどうふ》の煮物、それに香《こう》の物だった。

「母上、お手伝いもしなくてごめんなさいね。後片づけはあたしが致しますから」

おふくは取り繕《とつくろ》うように言うと、自分の部屋に行き、風呂敷包みを放り出すように置いて、急いで着替えを済ませた。

おふくが茶の間へ戻ると、継道は「ごちそうさまでした」と、おふくと入れ替わるように頭を下げて立ち上がった。

「継道さん、今夜も書見《しょけん》をなさるの？」

おふくは心配そうに訊いた。近頃は背丈も伸び、めっきり若者らしくなった。元服を迎えた継道は今年の春に前髪を落としている。

「ええ。もうすぐ素読吟味《そどくぎんみ》が控えておりますからね」

継道はぶっきらぼうに応えた。素読吟味は湯島《ゆしま》の学問所で行なわれる素読の試験のことだった。

継道は子供の頃から英明で、両親も将来を期待していた。

「あまり無理をしないでね。身体を壊しますよ」

そう言うと継道は、おふくを睨《にら》むように見て「わたしががんばらねば、下河辺の家はいつまでも小普請組のままです」と、怒気を孕《はら》んだ声で言った。おふくは何も言えず、自分の部屋へ戻る継道の背中を見送った。

「継道さんは最近、生意気で困ります」

おふくは箱膳の前に座ると、ぷりぷりして言った。

「難しい年ごろだからのう、わしにも覚えがある。おふく、大目に見てやれ」

大五郎は鷹揚に言った。

「結城屋さんはいかがでした？　まだお内儀さんは落ち込んでいらしたご様子ですか」

おさきはさり気なく訊いた。

「おゆみちゃんは一人娘でしたからねえ、小母さんがお元気になるまで、もう少し時間が掛かりそうですよ」

おふくは伏せていた茶碗を取り上げ、お櫃《ひつ》からごはんをよそいながら応えた。

「形見分けのお着物をたくさんいただいたようですね」

おさきは目ざとくおふくが持ち帰った風呂敷の中身に見当を付けていた。

「ええ。でも、おゆみちゃんは身体の小さい人でしたから、お着物は皆、縫い直さなければなりませんよ」

「それはわたくしに任せて」

おさきは拳《こぶし》で胸を叩《たた》く。

「しっかり者の母上で、あたしは心強いですよ」

おふくはからかうように言った。

「わしも心強い」

大五郎も悪戯《いたずら》っぽい眼で口を挟んだ。芳乃が声を上げて笑った。貧しいけれど暖かい家庭である。おふくはこの家に生まれたことを心底倖せに感じていた。

「午前中に玄海《げんかい》さんがご挨拶《あいさつ》に見えましたよ。いよいよ長崎に出立《しゅったつ》するそうですって。あなたにもお会いになりたかったご様子でしたけど、あいにく結城屋さんへ出かけた後でしたから、玄海さんは大層残念そうでした」

おさきはおふくの眼を避けるように言った。

「そうですか。それで出立はいつですか」

「明後日だとおっしゃっていましたよ」

「…………」

おふくの胸に冷たい風が吹いたような気がした。小野崎《おのざき》玄海は青山下野守《あおやましもつけのかみ》の屋敷で侍医《じい》を務める小野崎玄風《げんぷう》の長男だった。青山下野守は丹波篠山《たんばささやま》藩六万石の譜代大名である。二十五歳の玄海も父の跡を継ぎ、医者の道を志している。玄海は医術を究《きわ》めるために長崎へ遊学することを父親から勧められていた。それが実現するようだ。

おふくは玄海を子供の頃から知っていた。

青山下野守の上屋敷がおふくの家の近所だったからだ。小野崎家とも家族ぐるみでつき合いがあった。いや、そればかりでなく、おふくはひそかに、この玄海から一緒に長崎へ行ってほしいと懇願されていた。それは遠回しに妻になってほしいということだった。

だが、おふくは断った。下河辺の家には祝言《しゅうげん》の用意をする余裕がなかったし、小野崎家も玄海の遊学の工面をようやくつけたと聞いていたからだ。修業に出かけるというのに、女房連れでもないだろう。おふくはそう考え、玄海のことを諦めたのだ。

できれば、自分の夫は継道の将来に力を貸してくれる人であってほしかった。しかし、玄海の出立が決まったと知ると、おふくの気持ちはどうしようもなく揺れた。それが自分でも情けなかった。

「日本橋《にほんばし》の廻船問屋《かいせんどいや》さんの船で長崎へ向かうそうですよ。ひと月以上も掛かるなんて、長崎は遠い所なのですね」

おさきは吐息《といき》をついた。

「お前は玄海さんと一緒に行きたかったのではないのか？　それならそれでわしらも色々と考えたのだが」

大五郎はおふくの表情を窺うように訊いた。

「いいえ。そんな気持ちはございませんでした」

おふくは俯きがちに応えた。

「そうか？　無理をしておらぬか」

父の言葉におふくは危うく涙ぐみそうになった。おふくはそれを堪《こら》えるため、ごはんを頬張った。

「父上、俵藤太という武将をご存じですか。百足退治をしたという伝説のある人ですよ」

おふくは話題を変えるように大五郎に訊いた。

「ん？　俵藤太だと？　おお、よく存じておるぞ。俵藤太は本名を藤原秀郷という。

天慶《てんぎょう》の乱の時には平将門の首を討ち取った男だ」

「なぜ、俵藤太と呼ばれたのですか」

「わしも詳しいことは知らぬが、生まれた土地に由来するやも知れぬ。藤原北家《ほっけ》の後裔《こうえい》とも伝えられておるが、何しろ生没年すら定かに知れぬゆえ、はっきりしたことはわからぬ」

「どのような経緯《いきさつ》で百足退治をしたのでしょうか。百足と申しましても、大蛇と見まごうほどの大きさですよ」

「ふむ。これも伝説だが、近江国《おうみのくに》に瀬田《せた》の唐橋《からはし》という有名な橋がある。そこへ大蛇が横たわり、人々は通行することができずに難儀しておった。たまたま通り掛かった藤太は構わず、大蛇を踏みつけて橋を渡ったそうだ。その夜、藤太の許へ龍神一族の娘が訪ねてきたのだ。大蛇はその娘の化身であったそうな。娘は藤太を勇猛果敢な男と見込み、一族が苦しめられていた三上山《みかみやま》の百足退治を依頼したのだ」

「勇ましいお話でございますね」

おふくはそう言ったが、内心で怪訝な思いもしていた。父親の話を聞いても、亡くなったおゆみが藤太の帯へ惹《ひ》かれた理由がわからなかったからだ。だが、大五郎は、おふくの胸の内には頓着《とんちゃく》せず「藤太は百足退治を果たした功績により様々な宝物を頂戴し、また、平将門の弱点も龍神から授かったそうだ。それから藤太は従四位下《じゅしいのげ》に叙《じょ》され、武蔵国《むさしのくに》などを与えられたのだ。藤太は京へ進出しなかったので関東一円で勢力を伸ばし、子孫もこの地で繁栄した。畏れながら、この下河辺家も藤太の子孫に数えられるのだ」と、滔々《とうとう》と語った。

「え？」

おふくは大五郎の顔をじっと見た。

「本当のことですか」

「まあ、それも言い伝えだがの。わしの祖父《じい》様が得意そうに話しておった」

「結城屋さんと藤太とは何か因縁がございますか」

おふくは早口に訊いた。

「あの煙草屋か？」

「はい」

「藤太の子孫が煙草屋になったとは聞いたこともないが、屋号の結城屋は、ちと気になる」

「と言いますと？」

「下総国《しもうさのくに》の結城氏は藤太の子孫なのだ」

「下河辺家のご先祖も確か下総国の出ではなかったでしょうか」

「いかにも」

「それでは、結城屋さんとわが家は、もしかしたら大昔は親戚同士だったのかも知れませんね」

「ふむ。その可能性も考えられる」

大五郎は剃《そ》り残した顎髭《あごひげ》を撫《な》でながら思案する表情で応えた。

これは単なる偶然だろうか。おふくは胸の動悸《どうき》を覚えた。偶然でないとしたら、藤太は帯を通して自分に何事かを伝えたいのではないだろうか。おふくはそんな思いに捉《とら》えられた。

四

おふくはその夜、なかなか眠れなかった。

隣りの部屋から継道が「子《し》、曰《いわ》く……」と、囁《ささや》くような声が聞こえていた。継道は下河辺家の長男として恥ずかしくない大人になろうと努力している。また、素読吟味を合格した後は三年に一度行なわれる学問吟味も受ける覚悟だ。それに合格すれば小普請組からの脱却も夢ではない。

住まいは祖父がなけなしの金で手に入れた二階家で、当初は広い庭もあったのだが、子供達が成長するにつれ、父親は庭の半分以上の地所を他人に貸して地代を取るようになった。

地代は入るが、借り主はそこへ二階家を建てたので、母屋《おもや》の方の陽当たりは格段に悪くなった。雨の日などは昼間でも行灯《あんどん》を点けたくなるほど階下の部屋は暗かった。二階におふくと継道の部屋がある。どちらも三畳間と狭い。だが、二階のため階下に比べ、明るいのだけが取り柄《え》だった。

眠れないおふくはその内に小用を覚え、階段を下りて厠《かわや》へ向かった。真っ暗で何も見えなかったが、長年住み慣れたわが家のこと、どこに何があるのかは心得ている。厠は縁側の隅にあった。そこは両親の部屋の前を通る形となる。父親の鼾《いびき》が聞こえた。

妹の芳乃は未だに両親と一緒の部屋に寝ているが、おふくが嫁入りすれば、芳乃は二階の部屋で寝るようになるだろう。だが、それはいつのことだろう。玄海の他にこれといった縁談は、おふくに巡ってこなかった。

用を足し、自分の部屋へ戻るため階段を上ろうとした時、おふくは思わず躓《つまず》き、したたか膝《ひざ》をぶつけた。

おふくの悲鳴に気づき、継道が慌てて部屋を出ると、階段の上から「姉上、大丈夫ですか」と声を掛けた。おふくは膝を摩《さす》りながら「大丈夫、大きな声を出してごめんなさいね」と謝った。

継道は、すぐには部屋に戻らず、おふくが階段を上るのを見守っていた。

「お休みなさい」

おふくが継道に声を掛けて部屋へ入ろうとすると「玄海さんのことは、もうよろしいのですか」と、少し厳しい声で継道は訊いた。

「よろしいのですかとは、どういう意味？　玄海さんは長崎へ修業にいらっしゃるのよ。あたしが出る幕でもないでしょうに」

おふくはにべもなく応えた。

「玄海さんは姉上と夫婦《めおと》になりたいのですよ」

継道はおふくをじっと見て言う。

「余計な勘繰りはしないで。仮に、仮にですよ、玄海さんがあたしとの祝言を望んだとしても、わが家にはその仕度《したく》をする余裕がないのですよ。玄海さんのお家だって、あたしの仕度を丸抱えするほど裕福ではありませんからね」

「祝言なんてしなくてもいいじゃないですか。お互いの気持ちがひとつなら」

継道は青臭い理屈を言う。おふくはわかっていないな、というように苦笑した。

「姉上は何がお望みですか。旗本のお大尽《だいじん》の家にでも輿入《こしい》れするおつもりですか」

だが継道は早口に続けた。

「そうね、それならどれほどよろしいでしょう。継道さんの御番入《ごばんい》り（役職に就《つ》くこと）にも便宜《べんぎ》を計らって下さるでしょうから」

「わたしは自分の将来を自分で切り拓く覚悟です。他人の力などあてにしません」

「あなたはまだ若いから、世の中のことを何もご存じないのよ。思い通りにならないのが世の中ですよ」

そう言うと、継道はちッと舌打ちした。

「金と力のある男でなければいけませんか」

おふくを詰《なじ》るように継道は皮肉を込めて言う。

「そんなにあからさまに言っては身も蓋《ふた》もありませんよ」

「父上に口止めされておりましたが、それでは申し上げましょう」

継道は大きく息を吐いて言った。

「何んのお話？」

おふくは怪訝な顔で弟を見た。

「小普請組支配様から父上はさる旗本の屋敷へ姉上を女中奉公に出さないかと囁かれたのですよ」

「まあ……」

継道は苦々しい表情だったが、おふくの胸は弾んだ。旗本屋敷への奉公が叶《かな》うなら、少々婚期が遅くなっても縁談に箔《はく》がつくというものだ。

小普請組支配とは小普請組を束ねる大五郎の上司のことだった。毎月の応対日に小普請組支配は小普請組衆と面会して務め向きの希望を聞いた。役職に空きができれば小普請組から推挙される望みもあるが、そんなことは滅多になかった。

「それで、父上は何んと応えたのですか」

おふくは話の続きを急かした。

「お断りしました」

「………」

「いいですか。その旗本は五十近いのですが、かなりの艶福家《えんぷくか》で、奥方様との間に七人の子供があります。側室も三人お持ちだそうです。その側室は、いずれもお屋敷へ女中奉公に上がった女達なのです。つまり、その旗本は女中にお手をつける質《たち》なのです。父上がその話を承知すれば、役職に就くことも可能だったのですが、父上には姉上を妾奉公《めかけぼうこう》に出してまで出世したいという考えはありませんでした。実に立派な父上だとわたしは思いました。しかし、その話を断ったことで、小普請組から脱却する道が完全に絶たれたことにもなりました。父上は情けないお顔で、継道、すまんなとわたしに謝りました。わたしはその時、決心を固めたのです。父上の決断に報いるため、石にかじりついてでも己《おの》れの力で御番入りを果たそうと。姉上はそんな父上のお気持ちがおわかりにならないのですか」

おふくは胸が詰まった。父と弟の思いが身に滲《し》みた。自分は何んというあさはかな女だろう。貧しい暮らしをしているからとはいえ、心まで貧しくなって何んとしよう。

「父上はあたしが玄海さんと一緒になることを望んでいらっしゃるのでしょうか」

おふくは、くぐもった声で訊いた。今にも涙がほとばしりそうだった。

「もちろんです」

継道が応えると、おふくは堪えきれずに顔を覆《おお》って咽《むせ》び泣いた。

「でも、もう時間がない。玄海さんは明後日、いえ、明日長崎にお立ちになるのよ」

おふくは洟を啜ると、現実に立ち返って言った。

「一日あります。どうぞ、後々悔やまないように玄海さんにお会いになり、今後のことをもう一度話し合って下さい」

「わかりました……」

おふくは応え、自分の部屋へ入った。しばらくすると、また継道の書見する声が静かに聞こえてきた。

明日、藤太の帯を締めて玄海に会いに行こう。おふくは唇《くちびる》を噛《か》み締めて決心した。

その時、おふくは俄に合点した。藤太の帯は子孫と思《おぼ》しき人々に勇気を与える力があるのではないかと。

おゆみは、多分、自分の死期を悟っていたと思う。寿命と定められているなら抗《あらが》うことはできない。十六歳の娘にとって、死は恐怖以外の何ものでもないはずだ。おゆみは藤太の帯に最後は祈ったはずだ。安らかに死を迎えられるようにと。

確かめなければならない。自分のためにも、おゆみのためにも。そして、これから帯を託す他の娘達のためにも。おふくは夜の闇に眼を凝《こ》らして強く思った。


古着屋宇三郎は大八車に品物を積み、平永町の塒を出ると火除《ひよ》け御用地となっている広場へ出た。朝靄《あさもや》が辺りに立ち込めていた。その朝靄が消えれば、また暑い一日を過ごさなければならない。宇三郎はつかの間の冷涼な空気を胸いっぱいに吸い込んだ。

その時、下駄《げた》を鳴らして小走りに宇三郎の傍を通り過ぎた娘がいた。その娘に心当たりはなかったが、娘の締めている帯には見覚えがあった。藤太の帯だった。

「結城屋の娘から、あの娘に渡ったのか」

宇三郎は独りごちた。

「おい、うささん。何ぶつぶつ言ってるんだい」

同業の古着屋が同じように大八車を引きながら声を掛けた。

「いや、おれの売った帯を締めている娘が通ったもんだから、思わず見とれていたわな」

「どの娘よ」

古着屋清助《せいすけ》は辺りをきょろきょろ見回した。

清助は宇三郎より年上の四十男である。

「ほれ、青山様のお屋敷の方へ向かっている娘よ」

宇三郎は西の方角を指差す。

「おや、あれは連雀町の下河辺様のお嬢さんじゃねェかな。こんな朝早く、何んの用があるんだか」

清助は不思議そうに言った。

「おうよ。お上の役人をなさっていなさる。もっとも小普請組だから実入《みい》りはさっぱりらしいが、人の噂じゃ娘も倅も大層優秀らしい」

「そうか……」

宇三郎は低い声で肯いた。

「どの帯を売ったのよ」

清助は宇三郎の商売に探りを入れるように訊いた。

「俵藤太の百足退治のやつよ」

「たはッ！」

清助は呆れた声を上げた。「あれを買う酔狂な娘がいたのかね。いや、畏れ入る」

「清さん、あれはただの帯じゃねェんだぜ。帯がちゃんと持ち主を選んでいるのよ」

宇三郎は訳知り顔で言った。

「お前《め》ェの話は相変わらずわからねェなあ。ささ、商売、商売っと。今日も暑くなるのかなあ」

清助は空を見上げてぼやく。

「そりゃ、暑いだろうさ。夏だからな」

「違《ち》げェねェ」

清助は苦笑いで応えた。それから二人はなかよく並んで大八車を引きながら柳原へ向かった。

五

「おゆみちゃんのお弔《とむら》いが終わったと思ったら、今度はおふく姉さんのご祝言。全くどうなっているのかしら」

瀬戸物屋の娘のおさとはため息交じりに言う。おさとは母親から「次から次と義理の金が出て、息つく隙《ひま》もない」と嫌味を言われたのだ。それは他の娘達も同様だった。

小野崎玄海とおふくの祝言が執《と》り行なわれたのは、おゆみの初七日からひと廻り（一週間）後のことだった。

玄海は長崎行きの船に乗ることになっていたのだが、おふくとの祝言のために出立を延期した。とは言え、時間がなかった。次の長崎行きの船が出る日が迫っていた。それまでに用意万端調《ととの》えなければならない。

飾り物屋のおくみの父親の口利《くちき》きで室町の料理茶屋を借りられたのは幸運だった。

そのお蔭で両家の身内と花嫁花婿《むこ》の友人同士を集めたささやかな披露宴を開くことができたからだ。おふくと玄海はこの上もなく嬉しそうな表情だった。

「おふく姉さんは、あたし達の中で一番年上だったから、これでよかったのよ。ぐずぐずしていたら嫁き《い》遅れになっちまったかも」

おくみは吸い物を啜りながら言った。

「おくみちゃん、あんた、晴れ着に吸い物の汁をこぼさないでよ」

おさとは少しいらいらした表情で注意した。

二の膳つきの料理には小鯛《こだい》の塩焼き、煮しめ、酢の物、卵焼き、蒲鉾《かまぼこ》、強飯《こわめし》、吸い物、瓜《うり》の香の物、水菓子などが並んでいた。夏場のことで刺身は控えられていた。

「あら、これは晴れ着じゃないよ。ほんの普段着。おふく姉さんは、披露宴と言っても派手なことはしないから普段の恰好で来てねって言っていたでしょう?」

おくみは、にッと笑って応える。

「それのどこが普段着なのよ。呆れちゃう。おふく姉さんより目立っているじゃないの」

おくみの桔梗《ききょう》の柄が入った絽《ろ》の着物と流水の柄の紗《しゃ》の帯はいかにも高価そうに見えた。おふくは花嫁衣裳でなく、小紋の上品な着物に黒い緞子《どんす》の帯を締めているだけだったので、おさとにはなおさらそう思えたのだろう。

「おさとちゃん、お小言《こごと》はそれぐらいにして。今日はおふく姉さんのおめでたい日だから大目に見てやってね」

おたよが二人のやり取りを見かねて口を挟んだ。

「別にお小言を言うつもりじゃなかったんだけど……」

おさとはもごもごと言ったが、玄海の伯父《おじ》が謡曲「高砂《たかさご》」を唸《うな》り出したので、その声はおたよに聞こえなかったらしい。

おふくの父親の大五郎は祝い酒のせいでもなく赤い眼をしていた。客が銚子《ちょうし》を差し出せば、その時だけ笑って杯を受けているが、後は嬉しいような寂しいような何んとも言えない表情で娘の姿を見つめるばかりだった。

（あたしは父親から、あんな表情で見つめられたことはない）

おたよは胸で独りごちた。牢屋同心を務める父親の赤堀進次郎は、いつも苦虫を嚙み潰したような顔をしていた。務め柄、下手人《げしゅにん》や咎人《とがにん》と間近に接しているので、やり切れないことも多いからだと母親は言っていた。だから父親が自宅で寛《くつろ》ぐ時は邪魔にならないように、おたよも気を遣っていたのだ。だが、自分を見る父親の眼は、いつも冷ややかだった。いや、一度として頰ずりをされたり、その腕に抱き締められたりした記憶がなかった。

その理由は、ある日、両親の諍《いさか》いの時に知ることとなった。進次郎は、おたよが自分の娘でないと疑っていたらしい。母親のおたもが「馬鹿なことはおっしゃらないで下さいまし」と金切り声で叫んだが、進次郎は聞く耳を持たなかった。

おたよは四人きょうだいの末っ子である。上の三人は男子である。きょうだいの構成は、偶然、死んだおゆみの家と同じだった。

おたよが生まれる一年ほど前に、おたもは体調を崩し、実家で養生していたことがあったそうだ。幸いおたもは実家の祖母が親身に看病したので、半年ほどで家に戻ることができた。それから間もなく懐妊していることがわかり、おたよを出産したのだが、進次郎は、おたもが実家に戻っている間に他の男と情を通じたのではないかと思い込んでいたようだ。

おたよは父親に似ていなかった。それも進次郎の疑念に拍車を掛けたらしい。自分ではどうすることもできない問題である。今は傍におたよがいることさえ、進次郎には不愉快そうだ。おたもは自分を可愛《かわい》がってくれるが、おふくの父親のように、わが父親も自分を優しい眼で見つめてほしいと、おたよは心底願っていた。

おふくが小野崎玄海と一緒に長崎へ旅立つことが決まり、その前にささやかな披露の宴を囲むので出席してほしいと小伝馬町のおたよの家を訪れて来た時、おふくは藤太の帯を携えていた。

「おたよちゃん、この帯はお守りの役目をしてくれますよ。あたしも勇気をいただいたから、今度はおたよちゃんに持ってほしいの」

おふくはにこやかな微笑を浮かべてそう言った。

「玄海さんとご祝言を挙げられるのは、この帯のお蔭でございますか」

おたよは悪戯っぽい眼で訊いた。

「ええ、それもあるかも知れませんね。本当のところは弟のひと言で決心を固めましたけど」

「継道さん？」

「ええ。後で悔やまないように、もう一度玄海さんと会って、よく話し合えって。生意気でしょう？」

おふくは照れた表情で言った。

「よい弟さんをお持ちで、おふく姉さんは倖せでございますね」

「でも、長崎がどんな土地なのかわからないので不安もあるのですよ。本当に妻として玄海さんを支えられるのかどうか」

「玄海さんはお優しい方ですから、きっと何があってもお二人で力を合わせて乗り越えられるはずですよ……それで、長崎での逗留《とうりゅう》は長くなりそうですか」

おたよは一抹《いちまつ》の寂しさを感じながら訊いた。

「三年後には戻れると思いますけど」

「三年も……」

十七歳のおたよには、三年は途方もなく長い時間に思えた。

「もしも、その間におたよちゃんのご祝言があったら出席できそうにないけど」

おふくは残念そうな表情をした。

「お戻りになったら、たくさんお祝いしていただきますからご心配なく」

おたよはおふくをからかうように言った。

「おや大変。でも、おたよちゃん、あたし達、離れていても心は一緒よ。いつまでもお友達でいましょうね。三年後にお互い元気な顔で再会できるのを楽しみにしておりますよ」

おふくは、最後は涙ぐみながら言って帰って行った。

おふくから渡された藤太の帯を見ながら、この帯が本当に勇気を与えてくれるのだろうかとおたよは思った。おたよが勇気を持たなければならないことがあるとすれば、それは父親に自分が娘だと認めて貰うことしかない。

（父上、あたしはあなたの娘ですか。心から娘だと思っていただけますか）

おたよは進次郎に面と向かって問い掛けたかった。披露宴でおふくの父親の表情を眺めながら、おたよは、ぼんやりとそんなことを考えていた。

おふくと玄海は披露宴を終えた三日後に日本橋から廻船問屋のはしけに乗った。長崎行きの船は狭い日本橋川まで入って来られないので、江戸湾沖に停泊していた。はしけから船に乗り換え、一路長崎を目指すのだ。

見送りには大勢の人々が訪れた。二の腕が露《あら》わになるのも構わず手を振るおふくの姿が印象的だった。おたよとおくみ、おさとも、それに応えるように手を振り続けた。

見送りを終えて家路を辿る時、三人の娘は自然、俯きがちになっていた。

「これから寂しくなるね」

おくみは吐息交じりに呟く。

「そうだね」

おさとも低い声で相槌《あいづち》を打った。

「おふく姉さん、藤太の帯をあたしの所へ持ってきたのよ」

おたよは足許に視線を落としながら言った。

「そうなんだ」

おくみはさして興味のない表情で応えた。

「おふく姉さんは、あの帯が勇気を与えてくれたと言っていたけど、どうなのかなあと、あたしは思っているのよ。長崎行きがなければ、おふく姉さんはひと月の間、あの帯を持っているつもりだったけど、こうなったから、早めにあたしに託したのよ。どう？ あなた達のどちらか、先に持ちたい人はいない？」

おたよは確かめるように訊いた。

「年の順だから、おたよさんでいいよ。あたしは元々、あの帯なんてどうでもいいと思っていたし」

おくみは投げやりに言う。

「あたしもおたよさんでいいと思う。その次はあたしかな。おくみちゃんは最後でもいいのでしょう？」

おさとはおくみの顔を見て訊く。

「うん」

おくみは面倒臭そうに渋々、肯いた。

「じゃ、これで決まったね。これからひと月はあたしの手許に置きますよ。おふく姉さんのように倖せなことが起きるといいのだけど」

おたよがそう言うと「おたよさん、もしかして縁談が決まりそうなの？」と、おさとは慌てて訊いた。

「いいえ。それはまだ……」

「ああ、よかった」

おさとは安堵《あんど》の吐息をついた。

「ご祝儀がまた要《い》ると心配したのね」

おくみは訳知り顔で訊く。

「いえいえ、そういう訳ではないけど」

おさとは取り繕う。

「おっ師匠さんも寂しそうにしていらっしゃるから、がんばってお稽古しましょうね。それがおっ師匠さんには一番の薬よ」

おたよは二人を励ますように言い、その日は汁粉屋にも寄らず、まっすぐに家に戻った。

六

おたよの父親が務める牢屋敷は小伝馬町の日本橋寄りにある。牢屋敷は東西に長い三千坪の敷地に建っている。敷地内には牢屋奉行の石出帯刀《いしでたてわき》の役宅がある。その役宅を取り囲むように役人長屋が建っていた。同心、中間《ちゅうげん》（武家の奉公人）、小者《こもの》（手下）に至るまで牢屋敷に寝泊りしている。

牢屋奉行は江戸町奉行支配下にあって、代々、石出帯刀を名乗る世襲制であった。石出帯刀は三百俵《ぴょう》十人扶持《ぶち》をいただく旗本格でありながら不浄役人として将軍のお目通りは叶わなかった。

おたよの父親の赤堀進次郎と長兄の鯉之介《こいのすけ》も当番の日は牢屋敷の役人長屋に詰めていたが、家族は牢屋敷近くの家で暮らしていた。

自宅は不測の事態が起きた時、非番の日であってもすぐに牢屋敷へ駆けつけられる場所だった。

おたよがおふくと玄海の見送りを済ませて家に戻ると、家の中が慌しく感じられた。

「どうしたのですか」

おたよは同居している鯉之介の妻の花江《はなえ》に訊いた。

「庄之介《しようのすけ》さんの養子先が決まったのですよ」

花江は嬉しそうに応えた。庄之介は三番目の兄だった。おたより三つ年上の二十歳《はたち》である。

「慎之介《しんのすけ》兄さんより先に？」

おたよは次兄のことを口にした。

「こればかりは縁のものですからね、順番通りには行かないのですよ」

花江はつかの間、表情を曇らせて応えた。

「そうですか。慎之介兄さん、落ち込んでいないかしら」

「どうかしら。おたよさん、もしそうだったら、慰めて差し上げて。もうすぐ先様のご両親とお嬢さん、それにお仲人《なこうど》さんがお見えになるの。おたよさん、お手伝いして下さいね。あ、それと、お客様の手前、普段着じゃ失礼ですからお着替えして下さいね」

花江はてきぱきと命じた。

「わかりました。父上もお戻りになるのですね」

「ええ、おっつけお戻りでしょう」

おたよの返事を待たず、花江は台所へ向かっていた。おたよは自分の部屋に入り、箪笥からよそいきの単衣を取り出した。帯をどれにしようかと思った時、藤太の帯が眼についた。その瞬間、藤太の帯が自分に締めろと言っているような気がした。おたよは躊躇《ちゅうちょ》することなく持ち重りのする帯を巻きつけた。

花江の手伝いをするために台所へ向かう時、次兄の慎之介が縁側で足の爪《つめ》を切っているのに気づいた。

「慎之介兄さん……」

そっと呼び掛けると、慎之介は顔を上げ、柔和《にゅうわ》な笑みをおたよへ向けた。

慎之介は、さして剣術や柔術に励んだ訳でもないのに大きな身体をしていた。顔も大きく、子供の頃、長兄と喧嘩《けんか》になれば「この面《つら》の幅《はば》!」と、口汚く罵られていたものである。

だが、慎之介の性格はおおらかで、おたよはこの次兄が大好きだった。

「おふくさんと玄海さんは無事に出立したのか」

慎之介は、よそゆきに着替えたおたよを眩しそうに見つめながら訊いた。

「ええ。お二人ともお倖せそうでした」

「それはよかった」

「本日は庄之介兄さんの縁組が調ったとか」

「ああ、そうらしい」

慎之介は他人事《ひとごと》のように言うと、足許に落ちた爪を庭に吹き飛ばした。

「慎之介兄さんも早くご養子先が決まればよろしいのに」

おたよは同情する口ぶりで言った。

「おれは駄目だ。この形《なり》だから、大めし喰らいと思われて、どこも敬遠するようだ」

「ご冗談を」

「ま、運がよければおれのような者でも拾っていただけるお家があるやも知れぬ。ところで見慣れぬ帯だの」

慎之介は藤太の帯に眼を留めた。

「これは結城屋のおゆみちゃんの形見なのですよ。なかよしのお友達同士で交代に締めようと決めたの。最初はおふく姉さんで、次があたしに回ってきたのです」

「ほう、それはそれは」

「もうすぐ父上もお戻りだそうですから、あたしも義姉上《あね》をお手伝いしなくては。ぐずぐずしていると父上の雷が落ちそう」

おたよは悪戯っぽく笑って台所へ向かおうとした。

「おたよ」

呼び留めた慎之介は真顔だった。

「何んですか」

「お前も早く嫁入り先を決めろ。それがお前のためだ」

おたよは何も応えられなかった。慎之介は父親に疎《うと》まれるおたよの胸の内を察していた。おたよは黙って頭を下げると足早に台所へ向かった。

庄之介の妻となる杉《すぎ》は十六歳で、北町奉行所の臨時廻り同心大山源兵衛《げんべえ》の娘だった。大山家は、なぜか男子が早世してしまう家柄で、結局、長女の杉が婿養子を迎えて家を継がなければならなかったらしい。庄之介が大山家に入った後は、町奉行所の役人として務めに励むことになるという。

客が引き上げると、父親の進次郎は少し酒が過ぎたようで、座敷に大の字になっていた。おたもが気を遣い「旦那様、お床をのべていますので、どうぞお休みになって下さいまし」と勧めても、素直に言うことを聞かなかった。

おたよは飲み散らかした膳の後片づけをしていた。進次郎の傍を通った時、いきなり足首を掴《つか》まれ、おたよは仰天した。

「貴様……」

酔いで赤くなった眼をした進次郎は、しゃがれた声を洩らすと、おもむろに起き上がった。

「どういうつもりだ、おたよ。え？」

進次郎はおたよを睨んだ。

「どういうつもりとは？　父上、あたしには意味がわかりませんが」

恐る恐る訊《たず》ねた途端、頬を張られた。おたよは「きゃッ」と悲鳴を上げた。おたよの声に気づいた鯉之介が慌てて進次郎を制した。

「父上、おめでたい日でございますぞ。どうぞ高い声など上げられませぬように」

「お前は何も感じなかったのか、この腑抜けめ。庄之介の縁組が決まったというのに、この馬鹿娘は俵藤太の百足退治の帯など締めおって、めでたい席にみそをつけたのだ」

進次郎は藤太の帯を締めたおたよに怒りを覚えていたようだ。客が帰るまで、その怒りを我慢していたらしい。だが、おたよには進次郎の怒りが理解できなかった。

「お客様はおたよの帯などに頓着しておりませんでした。旦那様、思い過ごしでございますよ」

おたもが慌てて取りなしたが、進次郎は納得しなかった。

「貴様も貴様だ。この馬鹿娘の形《なり》に何も言わぬとは、いったいどういう躾《しつけ》をしてきたのだ」

「藤太の帯のどこがいけませんの」

おたよは声を励ましたが、その声は震えていた。

「どこがだと?」

ぎらりと睨んだ進次郎を三人の兄達は必死で制した。

「父上、お酔いになっておられます。今夜はひとまずお休みになって、改めて明日、お話を伺《うかが》いますよ」と鯉之介が言えば、庄之介も「おたよも悪気はなかったのですから、どうぞ許してやって下さい」と宥《なだ》める。慎之介はでかい身体にものを言わせて、殴《なぐ》り掛からんばかりの進次郎の腕をぐっと押さえていた。

三人の兄達にあやされている進次郎を見て、おたよの胸の中で何かが弾《はじ》けるのを感じた。

「この帯に文句をおっしゃるのは、父上の方便だと思います。あたしがどんな帯を締めようが、どんな着物を着ようが、結局、父上にはお気に召さないのです」

「おたよさん、口ごたえはなりません!」

花江が慌てておたよを制した。おたもは眼をいっぱいに見開いて、おたよと進次郎を交互に見つめていた。

「ほう、洒落《しゃれ》た口を叩く。それも母親から教えられたことか」

進次郎は、ぎらりとおたもを睨んだ。

「父上があたしを疎ましく思うのは、あたしが不義の娘だからですか」

おたよがそう言うと、鯉之介はたまらず「おたよ、口が過ぎる」と、声を荒らげた。

「いいえ。あたしは真実が知りたい。母上、どうぞおっしゃって。それで本当にあたしが不義の娘なら、ご一緒にこの家を出て、お祖母《ばあ》様の家に帰りましょう。父上があたしを育てる義理もいわれもありませんもの」

そこまで言って、不思議におたよは落ち着いていた。進次郎が手を上げても、少しも怖いとは思わなかった。やるならやれ、という気持ちにもなっていた。

「ようし、そこまで覚悟を決めているなら言ってやろう。いかにも貴様はおたもが実家で養生している間に他の男と契《ちぎ》った末に生まれた娘だ。おたもは、この赤堀家の妻の座を失いたくないばかりに、口を拭ってわしの娘だと言い張ったのだ。わしの眼は節穴《ふしあな》ではない。おたも、ようもようもわしを騙《だま》してくれたな」

俯いていたおたもは、その瞬間、きッと顔を上げた。おたもの指は自然に懐剣の紐をほどこうとしていた。

「母上、何をなさる」

慎之介が思わず進次郎の腕を放した途端、進次郎は目の前の膳をおたもに向かって蹴《け》り上げていた。おたもは顔と言わず、頭と言わず、煮しめやら酢の物の残骸を被ってしまった。しかし、おたもは顔色も変えず「離縁して下さいまし。わたくしがこの家に留《とど》まる意味もなくなりました」と言った。

「母上！」

兄達の声が重なった。

「わたくしは、他の男と契った末に生まれた娘を涼しい顔で旦那様の娘に据《す》えるほど図々しい女ではございません。そのことで何度も何度も諍いとなりましたが、おたよはいずれ他家に嫁ぐ定め、わたくしさえ我慢すればと、今まで堪えてきたのです。でも、もうこれまででございます。おたよと一緒に里へ帰らせていただきます」

おたもは凛《りん》とした声で言い放った。

「おう、帰れ、帰ってしまえ。貴様とおたよの顔は見とうない。ふん、貴様達がおらずとも、この赤堀家は蚊《か》に刺されたほどにも感じぬわ」

進次郎はなおも言い募《つの》る。

「お前様、わたくしも離縁して下さいませ」

突然、花江もそんなことを言い出した。

「花江、気は確かか」

鯉之介は呆れたように言った。

「わたくしは正気でございます。これ以上、義父上《ちち》のお傍にいたくありません。また、義父上の妄想をお諫《いさ》めできないお前様にも愛想が尽《つ》きました」

おたよは花江の言葉に驚き、同時に感激した。今まで同居する嫂《あによめ》としてしか花江を見ていなかった。その花江が、おたもや自分に同情してくれていたのだ。花江の気持ちがありがたく、おたよは咽《むせ》び泣いた。

「赤堀の家は俵藤太の末裔《まつえい》に当るのだ。父上もよっくご存じのはずだ。父上は不義の娘と思っていたおたよが藤太の帯を締めていたから、それを僭越至極《せんえつしごく》と怒りを覚えられたのだろう」

慎之介は意気消沈して何も言えない鯉之介の代わりに言った。

「慎之介兄さん、藤太がご先祖様って本当のこと?」

おたよは信じられない表情で訊いた。

「ああ、おたよの帯は結城屋の娘の形見だそうだが、おれはそれだけとは思えない。藤太がその帯を締めて父上の眼を覚《さ》まさせよと命じたのやも知れぬ。そうでなければ、普段おとなしいお前が、怖い父上の前でこのような大口が叩けるはずがないのだ」

慎之介は苦笑交じりに言った。

（そうかも知れない）

おたよは帯の藤太の顔の部分を静かに撫でた。勇気を貰った。確かにそんな気がした。

「ささ、義母上《ははうえ》、お召し替えを。お顔も洗って、ついでに髪も洗われてはいかがですか。わたくしがお手伝いしますよ」

花江は男達に構わずおたもを促した。

「ありがとう花江さん」

おたもは微笑《ほほえ》むと立ち上がって座敷から去った。

「慎之介兄さん、申し訳ありませんけれど、後片づけを手伝って下さいませ」

おたよは気を取り直して言った。

「おれも手伝うぞ」

庄之介も言う。鯉之介と進次郎は茫然《ぼうぜん》として座り込んでいるばかりだった。

「庄之介兄さんには申し訳ありませんけど、あたし、何んだか胸のつかえがおりたようですよ。こんなに晴々とした気分は何年ぶりかしら」

おたよは笑顔を取り戻して言った。

「父上、兄上、どうするつもりですか。皆んなが出て行ってもよろしいのですか」

庄之介は詰《なじ》るように二人へ言った。

「勝手にしろ。鯉之介に後添えを迎えればそれで済む」

進次郎は性懲《しょうこ》りもなく言う。

「わたしは花江と共にこの家を出ます」

鯉之介は低い声で応えた。

「何を！　慎之介、そなたはここに留まるな？」

進次郎は縋《すが》るような眼を慎之介へ向けた。

「おなごがいなくなったら、身の周りのことが不自由です。わたしも母上と一緒に参ります」

慎之介はあっさりと言う。進次郎はこうなっても、決して謝らない男だと、おたよは思う。

「父上、今までお世話になりました。このご恩は忘れません。お元気でね」

おたよは冷ややかな声で言うと、膳を運び出していた。進次郎はぐうの音《ね》も出ない様子で、その場に座り込んでいた。酔いはすっかり醒めた様子だった。

七

そういう経緯はあったものの、結局、赤堀家の家族は小伝馬町の家に留まった。それは伯父の取りなしがあったからだ。

伯父の沼田《ぬまた》六平太《ろっぺいた》は進次郎を大音声《だいおんじょう》で叱《しか》った。

「この、たわけ！　妻も娘も信じられぬとは呆れ果てた男だ。それでよく、お上の御用が務まるものだ。よいか、おたよはの、そなたの亡き母上と瓜二つである。それはわしだけが思うていることではない。親戚のたれもが口を揃えて言うことじゃ。そなた、おたもが実家で養生している間、一度として見舞いに行かなんだ。それだからこそ、そなたはおたもが戻ってすぐに身ごもったことに不審の念を抱いたのだろう。そなたはあの頃、おたものいない寂しさを酒で紛《まぎ》らわせておった。酔っ払った挙句《あげく》、おたもと閨《ねや》を共にしたことさえ忘れてしまったのだろう。たわけ！　この白髪《しらが》頭にそのようなはしたないことまで言わせおって」

六平太は顔を真っ赤にして、おたもとおたよを庇《かば》ってくれた。六平太は進次郎の長兄に当る男で、齢《よわい》六十七であるが、まだまだ矍鑠《かくしゃく》としていた。進次郎は子供の頃に赤堀家へ養子に出された男だった。沼田家と赤堀家は縁戚関係にあったので、つき合いが途絶えることもなく今日まで続いていた。

進次郎は、この六平太の前では借りてきた猫のようにおとなしくなる。おたもが実家に戻ることにしたと亀井町《かめいちょう》の沼田家に挨拶に行くと、六平太は眼を剝《む》き、進次郎と話をせねばならぬと駆けつけてくれたのだった。

その時、赤堀家ではすでに引っ越しの用意が始められていた。進次郎のお務めが終わる頃合を見計らって、六平太は下男を牢屋敷へ迎えにやった。

進次郎は相変わらず苦虫を嚙み潰した表情だったが、六平太を前にしては殊勝な態度だった。

「伯父様、本当に、本当にあたしは父上の娘なのですね。不義の子ではないのですね」

おたよは涙ながらに六平太に念を押した。

「おたよ、そなたは今まで小さな胸を痛めて暮らしてきたのだな。不憫《ふびん》な娘よ。おたもおたもだ。なぜ、今まで黙っていたのだ。わしは寿命の縮む思いがしたぞ」

六平太はおたもにも、ちくりと小言を言う。

「申し訳ありません。皆、わたくしが至らないばかりに、このような仕儀となってしまいました」

おたもは恐縮して深々と頭を下げた。

「しかし、進次郎にこれほどまで不審の念を抱かせた理由が、わしには解《げ》せぬ。これはあれかの、平将門公の恨みが影を落としていたのやも知れぬのう」

六平太は腕組みして思案顔をした。

「平将門公とは俵藤太に首を討ち取られた武将ですね」

おたよは意気込んで言った。

「おお、おたよはもの知りだの。その通りだ。平将門公は、わがご先祖の俵藤太こと藤原秀郷殿に攻められ、憤死した御仁《ごじん》じゃ。その後、将門公の首は京へ運ばれ、四条《しじよう》河原《がわら》で晒《さら》されたのだ。だがの、晒された首は三日後に白い光を放ちながら東の方角へ飛び去ったというのじゃ。将門公の首が落ちた場所は武蔵国豊島郡柴崎《としまごおりしばさき》の地だった。その時、大地は揺れ、陽は翳《かげ》り、あたかも闇夜のごとくになったそうじゃ。王朝転覆を狙《ねら》うほどの御仁ゆえ、易々《やすやす》と成仏《じようぶつ》はせなんだ。村人達は災いを恐れ、首塚を築いて弔《とむら》ったのだ。だが、その後も度々、災いは起こった。そこで将門公に法号を与え、日輪寺《にちりんじ》で供養し、近くの神社にも霊を祀《まつ》った。その神社が神田明神よ」

六平太は滔々《とうとう》と語った。

「あたしは藤太の帯を締めたことで父上のお怒りを買いました。それも将門公のせいなのでしょうか」

おたよは心細い気持ちで訊いた。

「どうなんだ、進次郎」

六平太は進次郎に顔を向けたが、進次郎は「それがし、酔っておりましたのでよく覚えておりませぬ」と曖昧《あいまい》に言葉を濁した。

「それではおたもの離縁も酒に酔うた上の話か」

「離縁を切り出したのはおたもの方でござる。すると花江まで尻馬に乗り、自分も鯉之介と離縁すると言い出す始末でござった」

「それで、そなたは何んと応えたのだ」

「勝手にしろと……」

「たわけ！」

六平太は何度か口にした言葉を、また繰り返した。

「わしが出てきたからには、そなたの勝手にはさせぬ。わかったか、進次郎」

六平太の言葉に進次郎は黙り込んで返事をしなかった。できなかったという方が正しかっただろう。

進次郎からおたよに対して詫《わ》びの言葉はなかったが、おたもには自分の思い違いであったと言ったそうだ。おたもは、それでもしばらくの間は進次郎につれないそぶりをしていたが、そこは長年連れ添った夫婦である。時間が経《た》つ内にとげとげしいものは鳴りをひそめていくように感じられた。まずは一件落着というものだった。

「そんなことがあったんですか。おたよさんは辛抱強い人ですね。お父上も長年の疑いが晴れたご様子で本当におめでとうございます」

おさとはしみじみとした口ぶりで言った。

おたよはひと月後、藤太の帯を携えて瀬戸物屋「唐津屋《からつや》」を訪れ、藤太の帯のご利《り》益《やく》をおさとに語った。

「今度はおさとちゃんの番よ。気掛かりなことがあれば、きっとこの帯が解決してくれるはずよ」

おたよは張り切って言った。

「ええ、藤太の帯が力を貸してくれるのはよくわかったけど、でもそれはおふく姉さんとおたよさんが藤太の子孫だからでしょう？　あたしの家はどうも違うようなの」

おさとはため息をついた。

「ご両親は藤太のこと、何かおっしゃっていなかった？」

「うちは屋号の通り、ご先祖は西国《さいごく》の出なのよ。元々は陶工《とうこう》で、流れ流れて江戸に下り、瀬戸物を商うようになったの。だから、藤太とは一切関わりがないんですよ」

「でも、おっ師匠さんの所で一緒に書を指南されるようになったのは何かのご縁を感じるけど」

「うーん、そう言われたら、そんな気がしないでもないけど……それより、おくみちゃんのことがあたしは心配よ」

「おくみちゃんがどうかして？」

　表情を曇らせたおさとを見て、おたよは俄に不安を覚えた。

「おくみちゃんのお父《と》っつぁんとおっ母さん、夫婦別れするみたいなの」

「ええっ！」

　おたよは心底驚いた。おたよの両親が丸く収まり、ほっと安堵した途端、今度はおくみの家に問題が起きてしまったようだ。

「原因は何？　ご商売はうまく行っていたのでしょう？」

　おたよは早口で話の続きを促した。

「ええ、それは問題ないけど、おくみちゃんのお父っつぁん、五年ほど前から面倒を見ていた女の人がいたのよ。その女の人との間に男の子が生まれたのよ」

「………」

「おくみちゃんは妹がいるだけでしょう？　きっと男の子が生まれたので、おくみちゃんのお父っつぁんはお店の跡継ぎをその子にしたくなったんだと思うの」

「おくみちゃんがご養子さんを迎えるはずじゃなかったの？」

「ええ、それは今のところ変わらないと思うのよ。男の子は生まれたけど、大きくなるまでまだまだ時間が掛かる。ひとまずおくみちゃんにお婿さんを迎えて水谷屋さんを継がせ、男の子が大きくなったら、水谷屋さんの出店《でだな》（支店）をどこかに出して、そこへおくみちゃん夫婦を移そうと考えてるらしいのよ。まあ、これはうちの親が噂で聞いた話だけどね」

「おくみちゃん、大変な思いをしているのね」

おたよは吐息交じりに言った。おいしい物を頰張るしか興味がなさそうなおくみの表情を思い出すと、胸が塞《ふさ》がる思いもする。あの呑気《のんき》な顔の陰で両親の不和に悩んでいたのだ。おたよと同様に。

「おくみちゃんのおっ母さんは、もう水谷屋さんを出たご様子？」

おたよはふと気になって訊いた。

「さあ、よくわからないの。おくみちゃんとは、近頃会っていないのよ。おっ師匠さんのお稽古も休んでいたし」

「そうね……」

「だからね、この帯が必要なのは、あたしよりもおくみちゃんじゃないかと思うのよ」

おさとの声が力んで聞こえた。

「おくみちゃんのお家、俵藤太と何か繋《つな》がりがあるかしらね」

おたよは微かな希望を抱いて言った。

「それはどうかしら。おくみちゃんのお父っつぁんに確かめるしかなさそうね」

「そうね……ねえ、これから一緒に水谷屋さんへ行かない？　藤太の帯を届けるついでに、おくみちゃんを慰めましょうよ」

おたよがそう言うと、おさとは眼を輝かせて「それがいいかも知れないね」と応えた。

八

陰暦八月は、暦の上では秋である。残暑はまだまだ厳しい日もあったが、朝夕はひんやりしてきた。とは言え、おたよとおさとが十軒店の水谷屋へ着いた時は二人とも額に汗を浮かべていた。

十軒店は雛《ひな》飾りや鯉幟《こいのぼり》、武者人形を売る店が軒を連ねている。節句の季節には客で混雑する界隈である。孫が生まれると早手回しに誂《あつら》える祖父母も多い。

水谷屋の日除け幕の中に入ると、床の間を設《しつら》えた店座敷になる。その時は、客の姿はなかった。床の間には掛け軸が下がり、その下には婚礼の時に使う品が並べられていた。婚礼の品や結納品は客の懐具合により、ピンからキリまであらゆる対応をするという。正月の注連飾りは夏の季節から奥の作業場で用意される。水谷屋は飾り物を拵《こしら》える職人や三方《さんぼう》などの台を作る職人を配下に置き、太い商いをしていた。

おたよとおさとが店の中に入って行くと、古参の番頭が「お嬢様ですか」と訳知り顔で訊いた。何度か遊びに行っているので、番頭はすっかり二人の顔を覚えていた。

「お忙しいところ申し訳ありませんが」

おたよは恐縮して取り次ぎを頼んだ。

「少しお待ち下さいませ」

番頭は笑顔で言うと奥へ消えた。番頭の表情から水谷屋の変化は微塵《みじん》も感じられなかった。まあ、内所《ないしょ》のことを一々顔に出していては商売もできないが。

ほどなく、おくみはやって来たが、おさととおたよの顔を見ると「どうしたの」と、怪訝そうに訊いた。

「藤太の帯を持ってきたのよ」

おさとは笑顔で言った。

「あら、もう？　あたしは最後じゃなかったの？」

「この帯が必要なのはおくみちゃんじゃないかって、おたよさんと話し合ったのよ」

「どうしてかな」

おくみはとぼけた顔をしたが、そっと唇を噛んだのがおたよにはわかった。

「とり敢《あ》えず上がって。お部屋は散らかしているけど」

おくみは渋々言った。玄関払いもできないと思ったのだろう。

おくみの部屋は坪庭の見える廊下を回った奥にあった。開け放した障子の中を見て、おさととおたよは仰天した。散らかっていると言っていたが、まさかこれほどとは思わなかった。退屈しのぎに読む黄表紙《きびょうし》があちこちに放り出され、衣桁《いこう》には脱いだ着物が無造作に引っ掛けられている。食べ終えた水菓子の皿には小蝿《こばえ》がたかっていた。

「何よ、このざまは。おくみちゃん、いったいどうしちゃったの？　あんた、部屋の中をこんなふうにするほどだらしない人じゃなかったはずよ」

おさとは眼を吊り上げて文句を言った。

「ちょっとねえ、身体がだるくて何もする気が起きなかったの」

おくみはこめかみの辺りをぽりぽりと掻きながら言い訳した。

「心持ちが普通じゃないようね」

おたよは低い声で言うと、手早く部屋の中を片づけ始めた。

「ああ、おたよさん、放っといて。女中にやらせるから」

おくみは慌てて言う。

「待っていられないのよ。日が暮れてしまう」

おたよはぴしりと言った。ようやく人心地がつけるほどに片づけた頃、中年の女中が茶と菓子を運んで来た。女中はすっきりした部屋を見て、ほっとしたような顔をした。

「お嬢さん、たまにお友達がいらっしゃるのもよいものですね。お部屋を片づけるお気持ちにもなりますもの」

女中は茶菓を勧めながらそんなことを言った。

「ありがと。後はあたしがやるから下がっていいよ」

おくみは汚れた水菓子の皿を女中に押しつけて、さっさと追い払った。

「藤太の帯よ。受け取って」

女中が引き上げると、おさとは改まった顔で風呂敷包みをおくみに差し出した。

「わかった」

おくみはそう応えたが、包みをほどこうともしなかった。相変わらず、藤太の帯には興味がない様子だった。

「おくみちゃんにも藤太の帯が必要だと思うのだけど」

おたよは上目遣《うわめづか》いでおくみを見て言う。

「おふく姉さんはこの帯を締めて倖せになった。おたよさんも何かいいことがあった？」

おくみは、おざなりに二人へ茶を勧めると白けた表情で訊いた。

「ええ。あたしは父上に自分の娘ではないと疑われて育ったのですよ。いつも父上の顔色を窺ってばかりいたの。藤太の帯を締めた途端、長年の膿《うみ》がいっぺんに噴《ふ》き出すようなことが起きたのよ。でも、それでようやく父上と和解できたのですよ。だから おくみちゃんにも……」

「もう遅いよ。おっ母さんはおたえを連れて実家へ帰っちまったんだよ。あたしも一緒に行きたかったけど、お父っつぁんは許してくれなかった。あたし、いっそ舌を噛んで自害したいほどだった」と、おくみは、おたよの話を皆まで聞かず、覆い被せるように言った。おたえとはおくみの妹のことだった。

「おくみちゃんのお父っつぁんはおくみちゃんを頼りにしているのですよ。だから手許に置きたかったのでしょうね」

おたよはおくみの父親の気持ちを慮《おもんぱか》るような言い方をした。

「あんたは奉公人をまとめる器量があるから、水谷屋さんにとっても必要な人間なのよ。何しろ総領娘だしね」

おさとも得心した顔で言い添える。

「噂は本当なの？　おくみちゃんのお父っつぁんが面倒を見ていた女の人に男の子が生まれたっていうのは」

おたよはおくみの眼を避け、低い声で訊いた。

「ええ、本当のことよ。おっ母さん、それで決心を固めたのよ。単なる浮気なら許せるって。だけど子供を拵《こしら》えちまったら、もうおしまいだって。死んだお祖母ちゃんに跡継ぎを生めないことを、さんざん詰《なじ》られていたせいもあったけど」

おくみはたまらず泣き出した。おたよはどう慰めてよいかわからず、おくみの肉づきのいい肩に腕を回した。

「それで、その女の人は水谷屋さんへ入るの？」

おさとはそれが肝腎《かんじん》とばかり首を伸ばした。

おくみはこくりと肯くと、おたよに縋りついた。

「おくみちゃん、気をしっかり持って。ふらふらしていたら平将門に足を掬《すく》われる」

おたよはおくみを励ました。

「こんな時、訳のわかんないことを言わないでよ」

おくみは泣きながら怒った。

「おくみちゃん、おくみちゃんのお家は俵藤太と何か繋がりはないの？」

おたよは確かめるように訊いた。

「ないと思う。でも……」

おくみは洟を啜ると「神田明神さんには昔からお参りしたことはなかったよ。神田明神さんは平将門をお祀りしている神社でしょう？　あそこは験《げん》が悪いとか言われていたの」と、ぼそりと応えた。

「やっぱりそうだ。おくみちゃん、とにかく、この帯を締めて、お父っつぁんと今後のことをよく相談して。きっと何か変化があると思うのよ。仮にこのままおっ母さんと離ればなれになっても、じっと堪えるのよ。ご養子さんを迎えて水谷屋さんを守《も》り立てていれば、いつかまたおっ母さんと一緒に暮らせる時が巡ってくるはずよ」

「おたよさんの言う通りよ、おくみちゃん。今は辛いだろうけど我慢して」

おさとも懸命に励ました。

「がんばる……」

おくみは蚊の鳴くような声で応えた。

古着屋宇三郎は、本石町《ほんこくちょう》の家で独り暮らしをしていた女から古着を買い取り、一反《いったん》風呂敷に包んで塒へ持ち帰るところだった。

女は近々、引っ越しするので不要の着物を処分したかったらしい。たまたま、その女の知り合いが宇三郎の客だったので、宇三郎に声が掛かったのだ。その女は、昔は柳橋で芸者をしていたので、お座敷着の類が多かった。

呉服屋で誂えた時は大層高直《こうじき》だった着物も古着となったら二束三文《にそくさんもん》である。買い取り価格のあまりの安さにその女は驚くより呆れていた。仕舞いにはやけになって「持ってけ、泥棒！」と暴言を吐く始末だった。

唐草模様の一反風呂敷を担《かつ》いでいる宇三郎の姿は、まさに泥棒とも見えるようで、帰る途中で岡っ引きに呼び止められた。古着屋だと認めさせるのもひと苦労だった。

ほっとして今川橋を渡る頃は、早や時刻は五つ（午後八時頃）を過ぎていた。空腹を覚えていたので、途中の食べ物屋に入るか、それとも塒までまっすぐ戻り、夜鳴《よな》き蕎麦《そば》屋がやって来るのを待つか、宇三郎はひとしきり頭を悩ませていた。

今川橋を渡った時、宇三郎は一軒の家の前でしゃがんでいる女の姿を眼に留めた。今川橋から筋違橋御門に通じる道は江戸でも大通りのひとつに数えられ、夜になっても人の往来は存外に多い。商家はその時分になると表戸を閉めるが、軒行灯《のきあんどん》の灯りは通りを照らしている。だから、しゃがんでいる女の姿にも気づいたのだ。土間口《どまぐち》の横に看板のような物があるところは、音曲か何かの師匠のようだ。

その女に宇三郎は見覚えがあった。春先に俵藤太の帯を自分に売った客だったからだ。やり過ごそうと思ったが、しゃがんでいる女の風情《ふぜい》がやけに色っぽく、宇三郎は声を掛けずにはいられなかった。

「ご新造さん、しばらくでございやす」

そう言うと、女はふと顔を上げた。最初は誰か判断できないような顔だった。

「お忘れでございやすか。手前、柳原の古着屋でございます」

「あ、ああ、あの時の」

女はようやく思い出したようで、ふっと笑った。

「へい。その節はありがとう存じやす。お蔭様でお客様の帯は間もなく売れやした」

「そうだってねえ」

女は気のない返答をした。

「ご存じでしたんで？」

「ええ、何んとなく」

宇三郎は土間口の横に縁台があることに気づくと、重い荷物をそこへ下ろした。女は早く追い払いたい表情だったが、特に何も言わなかった。

「虫の声をお聞きになっていたんですかい」

宇三郎は腰の煙草入れを取り出して訊く。

「ええそう。そろそろ聞き納めだよ。少し前はうるさいほど鳴き声が聞こえたものだ。おや、火がいるのじゃないかえ」

煙管を弄《もてあそ》ぶような仕種《しぐさ》をしている宇三郎に女は訊いた。

「あいすみやせん。できましたらお願い致しやす」

「ちょいとお待ち」

女は家の中に戻り、火箸で小さな炭を挟んで持って来た。宇三郎はその炭の火で一服点けた。

「あの帯は結城屋のお嬢さんに買っていただきやした。しかし、間もなくお嬢さんははかなくなっておしまいになった。帯のご利益はなかったんですな。その次が連雀町の下河辺様のお嬢さんに渡ったご様子です」

「ああ。おふくさんは小野崎玄海さんという医者と一緒になり、遠く長崎へ旅立ちましたよ」

「それはそれは」

「それから小伝馬町の赤堀様の娘のおたよさんに渡り、十軒店の水谷屋のおくみさんへ渡ったのだよ」

「そこまで詳しいことをご存じでしたか」

宇三郎は眼を丸くした。

「皆、あたしの弟子なのさ」

「お弟子さん？」

宇三郎は慌てて看板に眼を向けた。「女筆指南比企あやめ」の字が読めた。

「そいじゃ、お客様も藤太の子孫でいらっしゃいましたか」

宇三郎は独り言のように呟いた。

「なぜそこまでご存じなの？」

あやめは不思議そうに訊いた。

「へい。手前も藤太の子孫の一人でございやす。常陸国《ひたちのくに》の小貫《おぬき》氏の末裔《まつえい》でございます」

「……」

「俵藤太の関東での一族は常陸国なら小野崎、小貫、川野辺《かわのべ》、水谷。上野国《こうずけのくに》は赤堀、桐生《きりゅう》、沼田。下野国《しもつけのくに》は佐野《さの》、足利《あしかが》（藤原）、小山《おやま》、田沼《たぬま》。下総国は下河辺、結城。そして武蔵国は比企です。お客様も、ご名字《みょうじ》から藤太の一族の子孫とお察し致します。あの帯がお客様から娘達の手へ渡ったのも因縁を感じやすよ」

「そうだねえ」

「皆、あの帯のお蔭でお倖せになったんでございやすか」

宇三郎はぐっと首を伸ばした。

「そうとも限らないよ。結城屋のおゆみさんは亡くなったし、水谷屋のおくみさんの両親は夫婦別れした。神田鍛冶町の瀬戸物屋のおさとさんには何も起こらなかった」

「何も起こらなかった……」

宇三郎はあやめの言葉を鸚鵡返しにした。

「そのおさとさんだけ、藤太とは縁もゆかりもない家の娘だったからさ」

「なある……」

「あの帯は必ずしも倖せになる帯とは言えないけれど、でも……」

あやめは地面に置いた炭に眼を落として呟いた。

「でも、何んでございやすか」

宇三郎は話の続きを促した。

「皆、勇気をいただいたことは紛《まぎ》れもないと思いますよ。強くなったと言おうか」

「それは何よりでございます。そうです、そうです。この世の中、倖せなことがあれば、そうじゃないこともございやす。肝腎なのは何が起きても気をしっかり持って生きて行くことでさァ」

「いいことを言うね」

あやめは鼻先で笑った。

「ところで、あの帯は今どこにあるんですか」

「巡りめぐって、またあたしの所へ戻って来たんですよ」

「ほう、それはそれは」

「どうしようかと思っているのですけどね」

あやめは小首を傾《かし》げた。

「お売りになりやせんか」

「売る？」

「へい。また、藤太の子孫の娘が眼に留めて下さるかも知れやせんよ」

「でも、それじゃあ、何んだか後生《ごしょう》が悪いような気もしますよ」

あやめは逡巡《しゅんじゅん》する表情になった。

「藤太の帯は、あたしが若い頃お仕《つか》えしていたお姫様からいただいたと、前に話したね。手許に置いてると、いつまでもお姫様のことが忘れられなくて、あんたに売ったんだよ。お姫様には、ちっともいいことが起きなかった。帯をいただいたあたしにもさ。帯が持ち主を選ぶのだろうか。考えると不思議な気がするよ」

あやめは吐息交じりに続けた。

「お気になさる必要はございません。たかが帯ですから」

宇三郎はそう言った。あやめはつかの間、呆気に取られたような顔をしたが「それもそうだ、たかが帯だ。難しく考えることはないんだ」と、自分に言い聞かせるように言った。

「それで、お幾《いく》らで引き取って下さいます？」

あやめは悪戯っぽい顔になって訊いた。

こほんと咳払いした宇三郎は「二朱でいかがでしょうか」と慇懃《いんぎん》な表情で応えた。

二朱は一両の八分の一だ。うまく行けば、二分の値で売ることができると宇三郎は胸の内で算段した。

「この間より、安いじゃないですか」

だが、あやめは不服そうに言った。

「いずれまたお客様のお手許に戻るはずですから、何卒、それでご勘弁を」

「商売人だね。藤太が算勘《さんかん》の技《わざ》に長《た》けていたとは、ついぞ聞いていないが」

「子孫と申しましても、様々な人間がおります。手前のようなはぐれ者が出ても、そこはそれ、ご愛嬌《あいきょう》というものです」

あやめはそれを聞いて、あははと笑った。

古着屋宇三郎は、さらに重くなった荷を担ぎ、平永町の塒に戻った。秋は深まり、いずれ凍《こご》えそうな冬を迎える。

だが、その夜だけは宇三郎の気持ちは妙に晴々としていた。藤太の帯が、この次はどんな娘の手に渡るか、大いに楽しみでもあった。

(たかが帯じゃねェんだよ)

宇三郎は行灯の仄灯《ほのあか》りに照らされた帯に眼を向けてほくそ笑んだ。その拍子に、藤太の端正な顔が歪《ゆが》んだようにも感じられた。

堀留の家

一

お盆を過ぎた十六日は藪入《やぶい》りで、奉公人は主人から暇を貰《もら》って親元へ帰る。住み込みの奉公人には決まった休みがないので、正月と盆の藪入りの日だけが自由になれる時間だった。

親が遠方にいて帰れない者は請人《うけにん》と呼ばれる身元引受人の所へ顔を出し、その後は芝居小屋や寄席に行ったり、好みの物を食べて日頃の憂《う》さを晴らす。

深川佐賀町《ふかがわさがちょう》の干鰯問屋《ほしかどいや》「蝦夷屋《えぞや》」の手代《てだい》をしている弥助《やすけ》も藪入りの日は他の奉公人達と一緒に主人から小遣いを渡され、一日暇を貰った。その日ばかりは算盤《そろばん》を弾《はじ》いて帳簿付けをしなくてもいいし、いやな客に愛想を振りまく必要もない。

けれど、忙しさに慣らされた身には丸一日もの時間をどう潰《つぶ》してよいのか悩む。朝から岡場所へ繰り出す気にはなれないし、かと言って、よく帰って来たと、優しく迎えてくれる親も弥助にはいなかった。

朋輩《ほうばい》がいそいそと出かけて行くのを横目に見ながら、弥助はぐずぐずと台所の座敷に居座っていた。

今日は台所の女中も通いの連中だけで、それも夜の仕度はしなくてもよいことになっている。蝦夷屋の家族は料理茶屋で外食をするという。

おおかた、深川八幡《はちまん》の傍《そば》の「平清《ひらせい》」にでも繰り出すのだろう。平清は深川では一流どころの見世《みせ》だ。跡継ぎの息子夫婦とその子供達、嫁に行った娘夫婦、一同打ち揃《そろ》って水入らずのひと時を過ごすのだ。豪華な料理には別に気を惹《ひ》かれないが、家族が遠慮のない会話を交わしながら笑い合う姿は羨《うらや》ましいと弥助は思う。

初めて奉公に上がった時、主人の彦兵衛《ひこべえ》もお内儀《かみ》のお広《ひろ》も、これからは自分達を親と思ってくれと言った。それは親のいない弥助に対する気遣いだったろう。心底、ありがたいと思った。

だが、主人は主人。決して親にはなれない。

帳簿付けに手間どり、店を閉めた後に一人で算盤を弾いていた時、母屋から賑《にぎ》やかな笑い声が聞こえた。

「いやだ、お舅《とう》さん。ご冗談ばかり」

甲高《かんだか》い声は若お内儀のお君《きみ》だった。子供を三人も産んでいるのに、ちっとも所帯やつれしていない。いつも身ぎれいにしていて可愛らしい。

それは苦労知らずだからだと弥助は思っている。

蝦夷屋の嫁になったのに、時々、実家に帰って着物や帯を無心している。実家は日本橋《にほんばし》の呉服屋である。お君の父親と彦兵衛は昔からつき合いがあったという。それで縁談が纏《まと》まったのだ。

お君の母親は、川向こうへ娘を嫁に出すのが大層心配だったらしい。だが、お君も長男の彦太郎《ひこたろう》も、お互い相手を気に入っていたので、縁談が流れることはなかった。

お君の両親は今でも何かと娘を気に掛ける。それに応えるように彦兵衛もお君、お君と大変な可愛がりようだ。

倖《しあわ》せな家族だった。そんな倖せな家族を前にして弥助の出番などあるはずもない。

彦兵衛やお広が親と思ってくれと言ったのは、つまりはお愛想というものだった。

弥助は心のどこかで、それを真《ま》に受けていた節がある。優しい言葉に縋《すが》りたくなる自分を弥助は時々恥じる。

「あら、弥助さん、まだいたの？」

女中のおかながが風呂敷包みを小脇に抱えて声を掛けた。いつものお仕着せではなく、涼しそうな単衣《ひとえ》の着物に錆朱《さびしゅ》の夏帯を締めている。髪には花簪《はなかんざし》まで挿《さ》していた。

「ずい分、めかし込んだじゃねェか」

弥助は皮肉な調子でからかった。

「だって、堀留《ほりどめ》のお父っつぁんや、おっ母さんに会うの、半年ぶりですもの、しおたれた恰好《かっこう》で帰っちゃ、がっかりすると思って……」

おかなは照れ臭そうに笑った。おかなはいつも笑顔を絶やさない。年上の女中にも、番頭にも荷を運ぶ人足にも明るい笑顔で接する。

そんなおかなは蝦夷屋でも人気者だった。

弥助が一つだけ気になるのは、おかなが自分の身の上を喋《しゃべ》り過ぎることだった。

「あたしの実のお父っつぁん、女を作って出て行ってしまったのよ。おっ母さん、泣いてばかりだった。でも、とにかく親子三人、食べて行かなきゃならないんで、おっ母さんは居酒屋勤めをするようになったの。そしたら、その見世に来る客とできちゃってさ、新しいお父っつぁんが、あたしんちに暮らすようになったのよ。そいつ、おっ母さんよりも五つも年が若かったのよ。ろくに稼ぎもしないくせに、一丁前《いっちょうまえ》に悋気《りんき》起して、おっ母さんを殴《なぐ》る、蹴《け》るなの。おっ母さんを庇《かば》えば、あたし達にまで、とばっちりが来て、あたし、弟と二人、真冬に家の外に放り出されたこともあったのよ。ほんと、あいつ、鬼だった。ある時、岡っ引きの親分が来て、あいつ、何かやったらしいのね。いなくなっちまったのよ。やれやれ、これで、静かな暮らしができるかと安心したのもつかの間、おっ母さん、後を追って行ってしまったの。そう、あたしと弟、置いてけ堀。それでね、堀留の家に引き取られたの。あそこのお父っつぁんと、おっ母さんは、あたし達が住んでいた裏店《うらだな》の家主で、請人だったから」

聞いている者は決まって「苦労したんだねえ」と同情する。するとおかなは、とびきりの笑顔で「ううん。あたし、今、とっても倖せだから、昔のことなんて、もうどうでもいいのよ」と応える。

おかな、そんな話をぺらぺら喋ることはないんだ。弥助は何度も胸で叫びそうになる。

陰でこっそり「やめろ」と叱ったこともある。けれどおかなは首を振った。黙っていると惨《みじ》めだから、と。それに洗いざらい喋ると、親なしっ子だの、何んだのと面と向かって意地悪されないと言った。それはある意味でおかなの生きる術《すべ》だったのかも知れない。弥助はおかなのように開き直れない。

弥助も堀留の家で三年ほど暮らしたことがあった。蝦夷屋に奉公できるようにしてくれたのも堀留の夫婦だった。

「堀留に行こう? 皆んな、待ってるから。おっ母さん、弥助さんのこと一番心配しているのよ」

おかなは弥助の顔色を窺《うかが》いながら言う。

「もう、おれは子供じゃねェ。実の息子でもあるまいし、いつまでも心配することはねェんだ」

「そんなことない。あたし、堀留の家に引き取られて本当によかったと思っているのよ。弥助さんだって、心の中じゃそう思っているはずよ。今でも、あたし達みたいな親に捨てられた子供が堀留にはたくさんいる。あたし達の弟や妹よ。元気で働いているところを見せたら、あの子達の励みにもなるし、お父っつぁんやおっ母さんへの恩返しにもなるじゃない。それとも……」

黙っている弥助におかなは言い澱《よど》んだ。

「何んでェ」

「堀留で暮らしたことは忘れたいの?」

おかなの言葉に弥助は驚いて眼をみはった。

「まさか」

おかなの視線を避けて吐き捨てた。

「そう。それならいいのよ。ねえ、ちょっとだけ顔を出して。挨拶《あいさつ》したら、どこに行ってもいいから。あたしは泊まるけど」

堀留の家に行くのは気が重かったが、他にどうしたいという当てもなかった。弥助は渋々、肯《うなず》いた。おかなはその拍子に満面の笑みになった。

「堀留まで、弥助さんと道行《みちゆ》きだ」

「おきゃあがれ！」

弥助は苦笑して思わず鼻を鳴らした。

二

堀江町《ほりえちょう》と新材木町《しんざいもくちょう》の間に日本橋川と繋《つな》がっている堀がある。その堀は堀留と呼ばれ、その名の通り、堀は道の前でぷつんと途切れている。流れない堀は水の色もそこだけ澱んでいた。

弥助とおかなが堀留の家と呼んでいるのは、堀留町二丁目にある元岡っ引き、鎮五《しずご》郎《ろう》の家だった。家業の染物屋を嫌って鎮五郎がお上《かみ》の御用をしていたのは、もうずっと昔のことだ。

弥助が覚えている鎮五郎は夏の暑い盛り、庭に盥《たらい》を出して子供達に行水《ぎょうずい》をさせながら、縁側で煙管《きせる》を吹かしている姿だった。まるで孫を見るように優し気な眼をしていた。あの頃でも五十近かっただろう。

鎮五郎は親から譲られた裏店や借家を何軒か持つ家主でもあった。弥助の住んでいた神田鍋町《かんだなべちょう》の裏店も鎮五郎の持ち物だった。もっとも、弥助は鎮五郎のことは知らなかった。店賃《たなちん》の取り立てに来るのは大家さんと呼ばれていた年寄りの男だった。鎮五郎が大家に裏店の管理を任せていたのだ。そういうことを知ったのも堀留の家に来てからである。

岡っ引きをしていた時は女房のお松《まつ》が内職をして支え、それなりに貧乏も経験したらしい。三人の子供達を一人前にした頃に父親が死に、鎮五郎に思わぬ財産が転がり込んだ。

染物屋の番頭ができた男で、鎮五郎が財産を引き継げるよう取り計らってくれたのだ。

その代わり、染物屋の権利は渡した。

神田周辺の十五世帯ほど店子《たなこ》が入っている裏店が二軒と、堀留近くの借家が三軒。皆、父親の商売がうまく行った時に購入したものだった。借家の一軒は鎮五郎の住む家になった。

　子供が一人前になっているので、もう、さほど金のいる事情はない。これからはお松と二人、鎮五郎は呑気に余生を送るつもりでいた。ところがお松は子供を一人引き取って育てたいと突飛なことを言い出した。

　お松は無類の子供好きである。譲られた裏店に親に置き去りにされ、近所の人間が面倒を見ている五歳の男の子がいたのだ。お松はその子供が気になっていたらしい。今は、日本橋の料理茶屋で板前をしている男である。それを皮切りに訳ありの子供を預かるようになり、多い時は十人、少ない時でも三人の子供達が常時、堀留の家で暮らしている。

　弥助もその一人だった。弥助はおかなとは反対に、母親が父親に愛想を尽《つ》かして幼い妹を連れて出て行ったのだ。それから父親は酒浸りになり、弥助に暴力をふるうようになった。

　父親の酒代を稼ぐためにしじみ売りをしていたが、ろくに食べるものも食べていなかったので弥助の全身には瘡《かさ》ができた。客は気持ち悪がり品物は売れなかった。家に帰れば父親に殴られるという暗澹《あんたん》たる毎日だった。

　あれは梅雨入り前の少し暑い日のことだった。弥助は空腹と不調な身体のために路上で倒れた。そのまま静かに死んでしまえるならどれほどいいだろうと思った。人の足が目の前を通り過ぎて行くのを弥助はぼんやり眺めていた。

ふわりと身体が宙に浮いた、と思ったのは錯覚で、弥助は鎮五郎に軽々と抱き上げられていた。あの時の鎮五郎の胸の温《ぬく》みと、莨《たばこ》の匂いが今でも弥助には忘れられない。

「もう、心配いらねェ。お前ェのことは前々から気になっていたんだ。おれに任せてくんな。決して悪いようにはしねェ」

低い塩辛声《しおからごえ》が弥助には天の声にも聞こえた。

「うちに帰るのはいやだ。それだけはいやだ」

弥助は声を励ましてようやく言った。

「こんなお前ェを返すもんか」

喉《のど》がからからに渇いていたのに、涙だけは盛大に溢《あふ》れて、鎮五郎の濃い胸毛を濡らした。

「おう、泣け泣け。精一杯泣けば、後がさっぱりすらァ」

鎮五郎は豪気に言った。

堀留の家に運び込まれると、お松はすぐに蒲団を敷いて寝かせてくれ、医者が呼ばれた。

「可哀想に、可哀想に」

医者が手当をしている間中、お松の涙声が聞こえた。

医者が帰ると、心配そうに自分を覗《のぞ》き込む幾《いく》つもの顔が弥助の虚《うつ》ろな目に映った。その中におかなもいた。

「にいちゃん、苦しい？　痛い？」

必死の顔で訊《き》いた。弥助は首を振った。罵声《ばせい》は散々浴びせられていたが、優しい言葉には慣れていない。何を言われても涙になった。

鎮五郎は弥助の父親の富吉《とみきち》と会い、しばらく子供を預かると言った。富吉は手前ェに四《し》の五《ご》の言われたくねェ、放っといてくんな、と斜《しゃ》に構えたことを言ったらしいが、そんなことで怯《ひる》む鎮五郎ではなかった。岡っ引きで鳴らした凄《すご》みを利《き》かせ、「おう、たった一人の息子を瘡だらけにしてまで働かせるたァ、どういう了簡《りょうけん》でェ。それでも親か？　手前ェの、ひん曲がった根性を直さねェ限り、金輪際《こんりんざい》、息子は渡せねェ」と怒鳴った。

富吉はそれでも、つべこべ理屈を捏《こ》ねていたそうだ。富吉には富吉の、やり切れない胸の内があったのだ。

煙管職人をしていた富吉は火の不始末でぼやを出し、店を首になってしまった。他の店に奉公したくても、ぼや騒ぎを起こした職人などいらないと、一様に首を振られた。

働きたくても働けない焦《あせ》りは、やがて酒に溺れることにもなったのだろう。今なら富吉の気持ちは理解できるが、その当時は、ただただ父親に殴られることが恐ろしかった。

それでも、堀留の家で暮らす内、富吉が働き口を見つけ、酒もぷっつり断って笑顔で迎えに来ることを弥助は疑っていなかった。

弥助にとっては、たった一人の父親だった。

堀留の家にいれば食べる心配をしなくてもいいのはありがたかったが、朝飯の後で手習いや算盤の稽古に通わせられるのには閉口した。生まれてから、そんなものとは無縁だった。お松は子供達の教育に熱心な女だったので、弥助も半ば強引に通わされたのだ。

弥助は十二歳になっていて、堀留の子供達の中では年長の部類だった。だが、習字も算盤も六歳のおかなにさえ敵《かな》わなかった。

お松は手習い所から戻ると、その日に覚えたことをおさらいさせた。どうせ、堀留の暮らしも少しの間のことだと高《たか》を括《くく》っていた弥助は習字にも算盤にも身が入らない。やる気のない弥助をお松は本気で叱った。

「こんなことして何んになる。どうせ親父《おやじ》の所に戻ればしじみ売りか日傭《ひよう》取りをさせられるんだ。手習いなんざ、無駄というもんだ」

自棄《やけ》になってお松に口を返した時、鎮五郎の拳骨《げんこつ》がまともに降った。

「旦那まで殴るのけェ？　そんなら親父と同じじゃねェか。やってられねェよ。帰して貰うぜ」

弥助は当時、鎮五郎のことを、他の子供達のように「お父っつぁん」とは呼べなかった。

「お父っつぁんが二人いたんじゃ、紛《まぎ》らわしいぜ」と、ごまかしていたのだ。

弥助は堀留の家を飛び出し、そのまま神田鍋町の裏店に戻った。戻ったが、住まいの油障子《あぶらしょうじ》には「空き家」の貼り紙がしてあった。富吉は弥助を置き去りにしてどこかへ行ってしまったらしい。裏切られた思いは、悲しみよりも胸の中に大きな空洞を造った。

「親父は、店賃を溜めるだけ溜めてとんずらしちまったのよ。黙っていて悪かったな」

背中で鎮五郎の声が聞こえた。弥助の後を追って来ていたようだ。

「何んでおいらがこんな目に遭《あ》うのよ。おいら、ついてねェ」

弥助は独り言のように呟《つぶや》いた。

「ついてるかついてねェかは、まだわからねェよ。手前ェはこの間、生まれたばかりじゃねェか。年寄りになってくたばるまで相当に時間があらァ。その内に、こいつァついてると思うことも出てくるというもんだ」

「お愛想はよしにしてくんねェ。旦那にゃ、おいらの気持ちはわかりっこねェ」

「それを言うならよ、手前ェこそ、おれやお松の気持ちをわかっちゃいねェ」

「旦那の気持ちって何んだ？　金の遣い道がねェから酔狂《すいきょう》に親なしっ子を集めて、そいで人助けをしているつもりになっているだけじゃねェか」

弥助は胸にわだかまっている思いを鎮五郎にぶつけた。怒りのやり場がなかった。

「親に捨てられた子供を不憫《ふびん》と思うのはおればかりじゃねェぜ。大人は皆、そう思っているさ。だが、かつかつの暮らしをしていりゃ、思っていても世話をする余裕がねェ。おれは世間様の代わりにそれを引き受けているんだ。だからよ、近所の人だって決して他人事とは思わずに、色々と手を差し伸べてくれるんだ。手前ェの所の餓鬼《がき》が小《ちい》せェ頃に着た着物が出てくりゃ届けてくれるし、法事や祝言《しゅうげん》がありゃ、折詰めの料理や菓子を持って来る。皆、子供達を喜ばせてェの一心よ。それだけ気に掛けて貰っているんだから、手習いをしっかり覚えて、まともな大人になることが恩返しじゃねェのか？」

「おいら、物貰いじゃねェわ。情けは受けねェ」

「馬鹿野郎。餓鬼のお前ェに何ができる。妙な意地は張るな。まあ、居心地が悪くても三年辛抱しな。十五になったら黙っていてもおん出すからよ」

「十五？」

弥助は鸚鵡《おうむ》返しに訊いた。

「堀留の家は十五になったら出て行くきまりだ。十五って、ほれ、お武家様なら元服というだろうが。いやでも世間の荒波に放り出してやらァ。そん時におたおたしねェように、しっかり手習いしな。奉公先に不自由しねェぜ」

鎮五郎は弥助を諭すように言った。

奉公先に不自由しないと言った言葉が弥助の胸に響いた。貧乏からの脱出は、とにかく奉公して給金を稼ぐことだと弥助も納得していたからだ。それから鎮五郎のことも素直にお父っつぁんと呼べるようになったのだ。

三

三年は長くもあり、短くもあった。十五になった弥助は、商家の帳簿付けをするぐらいは何んとかできるほど字を覚え、算盤の腕も上げた。

鎮五郎とお松は弥助の奉公先を親身になって探し、それが深川佐賀町の蝦夷屋になった。

その後、おかなも女中として雇われた。弥助の真面目な奉公ぶりに彦兵衛は、また堀留の家から奉公人を雇う気になったのである。

蝦夷屋で弥助の顔を見つけたおかなは嬉しそうだった。弥助は蝦夷屋で働くようになって、滅多に堀留の家には顔を出さなかった。

鎮五郎やお松がいやだった訳ではない。堀留で暮らした頃の、やるせない気分が甦《よみがえ》るのがいやだったのだ。

仕事にも慣れ、二十二歳になった弥助には、もう親は必要ではない。必要なのは店が終わった後に時々通う岡場所の妓《おんな》達かも知れなかった。

おかなは堀留の家に行く途中、神田の須田町《すだちょう》の水菓子屋に寄り、大きな西瓜《すいか》を買った。

西瓜もそろそろ終わりで、盛りの頃は大層高直《こうじき》だったが、今はおかなの小遣いでも買えるぐらいに値は下がっている。

弥助は波銭を五つばかり差し出した。

「いいのよ、これはあたしの勝手でするんだから」

「土産《みやげ》なしじゃ、おれも気が引けるから」

「そう？　そいじゃ、ありがたく」

おかなはひょいと首を竦《すく》めて笑顔を見せた。

荒縄で縛った西瓜は持ち重りがした。堀留の家に着いた時は弥助の手は痺《しび》れていた。土間口《どまぐち》に足を踏み入れると、中から賑やかな声が聞こえた。小さな下駄《げた》が並んでいる。皆、きちんと揃えてあった。

「おっ母さん、お父っつぁん、あたしよ」

おかなは張り切った声を上げた。すぐに五、六歳の子供達を三人、背中に貼りつけたようなお松が顔を出した。

「まあ、おかな。遅かったじゃないか。あら、弥助まで」

お松はおかなの後ろにいた弥助に驚いた顔になった。弥助はカクンと顎《あご》をしゃくり、西瓜を差し出した。

「おかなの土産だ」

「何言ってるのよ。弥助さんもお金を出したじゃないの」

おかなは弥助を持ち上げるように言う。お松が礼を言う間もなく「西瓜だ、西瓜だ」

と、子供達が騒いだ。三人の子供達は西瓜を引き摺《ず》るようにして中へ運んだ。

「落とすんじゃないよ。障子が破れてしまうからね」

真ん中の甘い部分が落ちてしまっては台なしだと、お松は注意していた。

「お父っつぁんは？」

雪駄《せった》を脱ぎながら弥助はお松に訊いた。

「酒屋に行ってるんだよ。もしや一緒にお酒を飲んでくれそうな子が帰って来るんじゃないかってね。藪入りの日に、ここへ来て酒を飲む子なんていやしないのに。どうせ飲むなら、きれいな女の人がお酌してくれる所へ行くのにねえ」

お松は恨めしそうに言う。

「今日は弥助さんがつき合うわよ。そうでしょう？」

おかなはお松を慰めるように弥助に相槌を求めた。

「ああ」

弥助は仕方なく肯いた。

「そ、そうかえ？　そいじゃ用意をしなきゃ。おかな、手伝っておくれ」

お松の顔が輝いた。

ほどなく、一升徳利を抱えた鎮五郎が戻って来た。弥助の顔を見ると驚きと嬉しさが混じったような表情になった。

「どうも、ごぶさたしておりやした」

弥助は座蒲団から下りて頭を下げた。

「へへえ、商家の手代になると、てェした挨拶をするもんだなあ」

照れたようにそんなことを言う。

「こうと、二、三年もお前ェの顔を見ていねェ。ま、便りがねェのはよい便りって言うから、達者でいるとは思っていたがよ。仕事は滞《とどこお》りがねェか？」

「へい、お蔭様で」

「そうか。そいつァ、何よりだ。堀留から出た者が使い物にならねェじゃ、おれの立つ瀬も浮かぶ瀬もねェわな。お松、湯呑《ゆのみ》出しな」

鎮五郎は弥助の前に徳利を置いてお松に言った。

「これから肴《さかな》を拵《こしら》えるから、ちょいとお待ちな」

「何言ってる。弥助はこれから行く所が山のようにあるんだ。ぐずぐずしてると日が暮れちまわァ」

鎮五郎は弥助の心の内を読んでいるような言い方をした。

おかなが子供達を連れて買い物に行くと、鎮五郎は少し改まった顔つきになった。

「お前ェ、幾つになった」

「へい、二十二になりやした」

「そうか……早えェもんだ。おれが年を取るはずだ」

鎮五郎は還暦を迎えていた。頭にはめっきり白いものが増え、昔は体格のよかった身体も、だいぶ肉が落ちたと思う。

「餓鬼の世話もそろそろ仕舞いにしようかと思っている」

鎮五郎は弥助の湯呑に酒を注ぎながら、さり気なく言った。弥助は鎮五郎の顔を黙って見つめた。何んと言葉を掛けてよいのかわからない。

「餓鬼の面倒を見るってェのも、これで骨が折れることでな、近頃、めっきり身体に力が入らねェのよ。こんな按配で万一のことがあったら、実の親に申し訳が立たねェと思ってよ」

「実の親のことなんざ、考えなくてもいいですよ。どうせ、子供を置き去りにした親なんざ」

弥助は吐き捨てるように言った。

「そうでもねェぜ。餓鬼にとっちゃ、どんな親でも親よ。おれ達がどれほど可愛がっても実の親にゃ、敵《かな》わねェ」

「そいつがようくわかったから、おれもここですっぱりやめる決心をした。倅《せがれ》に言われたせいもあるがな」

「残っている子供達はどうしなさるんで？」

「まあ、実の親が引き取れそうならそうして貰うし、そうじゃねェ時は養子に出そうと思っている」

「そうですかい……」

弥助の言葉にため息が混じった。

「後のことはお前ェが心配することでもねェ。それより、おれが心配なのはおかなのことだ」

眼も鼻も大きい。ついでに唇も厚く、全体に大造りの顔をしている鎮五郎は、瞼の下がやけに垂れ下がってきた。鎮五郎の老いの兆候に弥助は過ぎた年月を思った。

「おかなは心配いりやせん。蝦夷屋でも人気者で皆んなに可愛がられておりやす」

「だからよ、ちゃんとした男と所帯を持たせてェのよ」

まだ十六、もう十六。弥助はそんな言葉を胸で呟いた。

「おかなは誰か好きな男でもいるんですかい？」

「ああ、いる」

鎮五郎は大きく肯いた。

「その男はおかなを喰《く》わせる甲斐性《かいしよう》があるんですかい?」

「あると思うな」

「だったら、お父っつぁんが口を利いて、嫁入りの算段をしたらいい」

「だから、おれはお前ェに訊きてェんだ」

「え?」

弥助は驚いて鎮五郎の顔を凝視した。

「いやかい?」

「いやも何も、おれァ、最初《はな》っからおかなをそんな目で見たことはねェんで、何んと応えていいかわかりやせん」

「おれもお松も、お前ェとおかなが一緒になってくれたらいいと思っている」

「………」

弥助の中で逡巡《しゆんじゆん》するものがあった。親に捨てられ、堀留の家で暮らしたという過去を弥助は心のどこかで消したがっていた。

よりによって、一緒に暮らしたおかなと所帯を持つなど、考えてもいなかったことだ。

「蝦夷屋の旦那もお前ェとおかなが所帯を持つなら、通いにしてよ、おかなにも餓鬼ができるまで働いて貰いてェと言っている」

そういう根回しがいつの間にかでき上がっていたらしい。弥助は湯呑の中身を勢いよく喉へ流し入れた。

「おかなの相手はおれじゃねェ方がいいと思いやす」

鎮五郎はそれを不承知と取ったようで短い吐息をついた。

「そいじゃ、おれはこれから友達と約束がありやすんで」

こくりと頭を下げて、そそくさと腰を上げた。

「おう、また顔を出しな」

鎮五郎は鷹揚《おうよう》な顔で笑ったが、寂しそうにも見えた。

四

歩く道々、弥助は鎮五郎に対してひどく悪いことをしたような気持ちになっていた。もっと別の言い方もあったはずだ。

富吉に置き去りにされてから、弥助はお松によれば、聞き分けのよい子供になったという。家の手伝いはもちろん、苦手な手習いや算盤にも身を入れて励むようになった。それは聞き分けがよくなったのではなく、親に頼る気持ちをすっぱり諦《あきら》めたからに外ならない。これからは鎮五郎の言うように自分の力で生きていかなければと覚悟を決めたのだ。

堀留で一緒に暮らす子供達の中には虫の好かない奴もいた。

音松《おとまつ》は同い年だった。当時、妹と堀留の家に厄介《やっかい》になっていた。父親は妹が生まれた頃に死に、母親は女手一つで音松と妹のおなおを育てていたが、無理が祟《たた》って病に倒れた。

母親は弟を頼った。音松の叔父《おじ》に当たるその男は棒手振《ぼてふ》りの魚屋をしていた。叔父の所には子供が五人もいて、病に倒れた姉はともかく、音松とおなおの面倒まで見る余裕はなかった。困り果てている時、大家と町年寄が堀留の家に預けることを勧めたのだ。

母親は具合のよい時、叔父につき添われて堀留の家に様子を見に来ることがあった。鎮五郎とお松は二階の部屋に母親を促《うなが》し、そこでひと晩、親子水入らずの時間が過ごせるようにした。晩飯もその部屋に運んだ。

弥助がお松に言われて箱膳を運ぶと、音松は得意気な顔でそれを受け取った。どうだ、おいらには、おっ母さんがいるんだぜ、羨ましいだろ、という感じだった。階下にいても二階の笑い声が弥助には気になった。いや、弥助ばかりでなく、他の子供達もそう思っていたに違いない。

ひと晩泊まった母親は、翌朝、叔父が迎えに来て戻っていく。その時、音松は大袈《おおげ》裟《さ》な泣き声を上げて母親の後を追った。

「おっ母さん、行かねェでくれ。おいらと一緒にここにいてくれ。後生だ、おっ母さん！」

お松は袖《そで》で眼を拭ったけれど、弥助は白けた。

ようやく、母親が行ってしまうと、弥助は思わず「様《ざま》ァ、ねェ」と、吐き捨てた。

「何を？」

音松は喰って掛かった。

「親と別れるのに悲しくねェ奴がいるのか？　おいらのたった一人のおっ母さんだ。憚《はばか》りながら、おいらのおっ母さんは、手前ェ達の親のように餓鬼を捨てたりしねェ人だ。いっつも、おいらやおなおに優しい眼を向けてよう、優しい顔でよう、音松、おなお、すまないねェって言うんだ。え？　そんなおっ母さんの後を追って、どこが悪いんだよう、おう、聞かせてくんな、みなし子の弥助よう」

「おれはみなし子じゃねェ、親はどこかで生きている」

弥助は反撃したが、声音《こわね》は弱かった。

「傍にいねェ親なんざ、死んだも同然よ」

音松が言った途端、弥助は音松の襟首《えりくび》を摑《つか》んで引き倒した。馬乗りになって、音松の顔を五、六発も殴った。弥助の弱点をとことん衝《つ》いた音松がただただ憎かった。

鎮五郎が飛んで来て二人を止めたが、盛大に泣いたのは弥助の方だったかも知れない。

そのことがあってから、鎮五郎は音松の母親を泊めなくなった。他の子供達によい影響を与えないと思ったのだろう。だが、音松は母親が帰る時、なおさらわめいて弥助ばかりでなく、他の子供達をも白けさせた。

深川の越中島町《えっちゅうじまちょう》に新石場《しんいしば》と呼ばれている岡場所があった。新石場の周りは武家屋敷で人通りも少ない。そこには十軒の見世が軒を連ねていた。

弥助のなじみの見世は大川寄りの「小紅屋《こべにや》」だった。

堀留の家を出てから、弥助は、まっすぐその見世に向かったのだ。

「弥《や》っさん、どうしたえ？　やけに浮かねェ顔だの。いつもは二つや三つ、気を遣るのに、早くから揚《あ》がった割にゃ、元気がねェわな」

弥助より三つ年上の其扇《そのぎ》という妓《おんな》が煙管を吹かしながら言う。

「請人の所で酒を飲まされたから、身体がかったるいや」

弥助は言い訳がましく応えた。

「昼酒は効くからねェ」

「今日は藪入りだ。さぞかしお繁《しげ》りだったことだろう」

弥助は其扇の手から煙管を取り上げて一服吸うと、そう言った。

たまの休みだから、他の手代達もこぞって小紅屋の暖簾《のれん》をくぐっただろうと思った。

「なあに、こっちまで来る者はあまりいねェ。見世の上得意はお武家様さ。だが、今日は藪入りで混むと踏んで足を向けねェから、いつもより暇だ」

「お前ェ、親はどうしてる」

弥助は腹這《はらば》いの恰好で、灰吹きに雁首を打った。

「女郎に身の上話を訊くなんざ、野暮《やぼ》な男だ」

「いや、おれは親に捨てられた口だからよう、ちょいと今日はその親を思い出すことがあってな」

「ふふ、それで塞《ふさ》いでいたって訳か。わっちの親は、もの心ついた時はいなかったよ。親戚をたらい回しにされて大きくなり、ようやく女中奉公に出たが、最初に惚《ほ》れた男が悪い奴でねえ、その男のために泥水啜《すす》る破目《はめ》になっちまったんだ。最初は吉原《よしわら》の小見世、それから根津《ねづ》、門前仲町《もんぜんなかちょう》、そしてここさ」

「おれも女だったら、そうなっただろうな」

弥助は独り言のように呟いた。

「弥っさんが、わっちのなじみになったのは、かかさんに似ていたからかえ？」

「母親の顔はとうに忘れた」

「………」

「手前ェで喰っていけるようになると、親みてェな七面倒臭《しちめんどう》いもん、いなくて清々すらァ。だがよ、昔は何んだってあんなに親が恋しかったんだろうな」

そう言うと、其扇は派手な部屋着をそっと弥助の背中に掛けた。

「早く所帯を持って、お父っつぁんにおなり。弥っさんが親に構って貰えなかった分、その子を可愛がってやることだ」

「へ、馬鹿にしおらしいことを言う。今夜のお前ェもどうかしているぜ」

「弥っさんは当たり前の暮らしがほしいんだろ？　仕事を終えて帰りゃ、女房がお帰りって優しく迎えてくれるような。それで、子供と一緒に湯屋に行ってから、晩飯を喰うんだ。どこにでもある当たり前の暮らしだ。あい、さようさ。そいつがいっち倖せな暮らしだわな」

「わかったようなことを言うない」

「それとも、死ぬまで独り身を通すかえ？　稼いだ銭はすべて手前ェのために遣い、女がほしけりゃ、ここへ通い、そいでおいぼれになったら誰にも見看《みと》られずにのたれ死にするんだ。まあ、それも、いっそさっぱりしていいわな」

「帰《け》ェるぜ」

弥助は其扇の話の腰を折るように勢いよく立ち上がった。そろそろ店に戻る時刻でもあった。

「また明日から勤めが待ってるねェ。お稼ぎよ」

其扇は青黒い顔につかの間、微笑を浮かべた。

五

其扇の言った通り、翌日からはいつもと変わらぬ蝦夷屋の暮らしが続いた。人足が朝から大八車を店の前につけると、蔵から運び出した荷をそれに積み上げる。得意先は江戸府内よりも在所が多い。天日《てんぴ》で干した鰯《いわし》は畑の肥料になるのだ。代わって海辺の村から鰯が届く。それを店の裏手の作業場に運び、筵《むしろ》に拡げて陽《ひ》に晒《さら》す。店の中へ一歩足を踏み入れた時から干鰯の生臭さが鼻につく。

これから在所へ金の回収に行く用事も増えるというものだった。

おかなは藪入りの日以来、弥助に対して何んとなくよそよそしい態度をするようになった。女の奉公人は親元で積もる話もあろうかと、男よりも休みが多い。店によっては三日も休みが取れる所もあった。

おかなはひと晩泊まって、翌日の昼過ぎに蝦夷屋に戻った。日本橋の老舗《しにせ》の菓子屋から買った菓子を土産にして、お広やお君を喜ばせた。おおかた、お松が気を利かせたのだろう。

鎮五郎はおかなにどんな話をしたのか、弥助はひどく気になった。所帯を持つ話を断ったのは、決しておかなが嫌いじゃないからだと言いたかった。しかし、その話をしようとすると、おかなはわざと避けるように弥助の傍から離れた。

本所《ほんじょ》に仕切り（掛けの代金回収）に行った帰り、弥助は上《かみ》ノ橋《はし》の欄干に凭《もた》れて堀の水を眺めていたおかなに気づいた。買い物籠《かご》から葱《ねぎ》がはみ出ていた。買い物をした後で、ひと息ついているという感じだった。

「おう、道草喰っちゃ、いけねェなあ」

弥助は冗談混じりに声を掛けた。

「あら……」

おかなは振り向いて驚いた顔になった。だが、すぐに眼を逸《そ》らした。

「お前ェにちょいと話があるんだが」

「その話はいいのよ」

おかなは弥助の話を遮《さえぎ》るように、早口に言った。

「その話って、どの話なんだ？」

弥助は悪戯《いたずら》っぽい表情で訊く。

「それは……」

おかなは言葉に窮して俯《うつむ》いた。

「まあ、その話になるんだが」

言い直すと、おかなはぷッと小さく噴《ふ》いた。

「堀留のお父っつぁん、お前ェに何んて言った？」

「弥助さん、あたしと所帯を持つ話は乗り気じゃないって……」

おずおずと応えた。

「寝耳に水の話だったんで、おれも面喰らったのは正直な話だが、どうもなあ、妹みてェなお前ェと所帯を持てと言われてもピンと来なかったのよ」

「だから、それはもういいのよ」

おかなは怒ったように言った。

「あたしは弥助さんが気に入るような女じゃないって、ようくわかったから」

「そうじゃねェ！」

「あたし、お面もぱっとしないし、色気もないし、お喋りだし、馬鹿だし……」

「おかな」

「あたし、勘違いしていたのよ。弥助さんには、あたしの気持ちはわかっているって勝手に思っていただけなの。堀留で一緒に暮らしたから、寂しい気持ちは同じだって」

通り過ぎる人が怪訝《けげん》な眼で二人を見ていた。

弥助はそれに気づくと、そっとおかなの袖を引き、橋の傍の町家の路地に促した。

「ここなら、人の目を気にしなくていい」

笑い掛けたが、おかなの眼は濡れていた。

「な、何も泣くことはねェ。おれはお前ェの気持ちはわかっているつもりだ。だがよ、堀留で暮らした者同士、傷を舐《な》め合って夫婦になるってのは感心しねェ。せめて、お前ェの亭主はふた親が揃っている男にして貰いてェのよ。堀留のお父っつぁんに断ったのは、つまりはそういう訳だ」

「やっぱり弥助さん、堀留で暮らしたことは忘れたいと思っているのね」

にいちゃんという呼び掛けが弥助さんに変わったのはいつからだろう。おかなの強い視線を感じながら、弥助は、ふと思った。多分、その時からおかなは自分を慕《した》い始めていたのだ。それに気づかなかった自分の迂闊《うかつ》さが悔やまれた。

気づいていれば、時間を掛けてゆっくりおかなを納得させられたのに。

「堀留のお父っつぁんや、おっ母さんのことは心底ありがたいと思っているぜ。だが、あすこで暮らした三年は切なかった。餓鬼だったから何ができる訳でもねェし、気に喰わねェ野郎がいても我慢しなきゃならなかったしよう」

「音松、あたしもいやだった。おっ母さんが来るとにやけて甘えて。去年、あのおっ母さん、死んだのよ。でも、音松、ろくに面倒も見なかったの。面倒見たのは、妹のおなおちゃんよ。おなおちゃんはおっ母さんのお弔《とむら》いの時、大声で音松を怒鳴ったって。この親不孝者って」

おかなは弥助の気持ちを先回りしたように音松のことを持ち出した。

「やめろ、人のことは」

弥助は苛々《いらいら》しておかなを制した。

「ごめんなさい」

「切ねェだろ？　そんな話を聞くのは。だから、昔のことを何も知らねェ野郎と一緒になりなとおれは言いてェのよ」

「わかった……」

おかなはようやく肯いた。無理に笑った唇が引きつっていた。

六

弥助は相変わらず、店では真面目に働き、月に二、三度、新石場の小紅屋へ通っていた。

おかなの妙な噂を聞いたのは、江戸に木枯らしが吹くようになった晩秋のことだった。

若旦那の彦太郎と亀戸村《かめいど》へ仕切りに行った道中、彦太郎はおかなが今年いっぱいで店をやめると弥助に洩らした。

仕切りに行くのに、あまりよい恰好はできない。野良仕事をする農家が客なので、ぱりっとした恰好をしては、儲《もう》けられていると勘ぐられる。野良着の客と並んでもさほど差が出ない程度に質素にすることが蝦夷屋の仕来《しき》たりだった。

彦太郎は着古した木綿《もめん》の綿入れ羽織に継《つ》ぎの当たった着物を尻端《しりつぱ》折《しよ》りし、下には祖父のお下がりの股引《ももひ》きを穿《は》いていた。弥助も同じような恰好だったが、綿入れの着物の上に蝦夷屋の屋号の入った半纏《はんてん》を羽織っていた。

小名木川《おなぎがわ》沿いをまっすぐ東へ向かい、羅漢《らかん》寺《じ》が見える畑の中が亀戸村だった。

弥助はおかなの詳しい話を聞きたかったが、畑の中に客の顔を見つけた彦太郎が如《じよ》才《さい》ない言葉を掛けたので、話は途中になった。

客の家で茶菓を振る舞われ、一刻《いっとき》（二時間）ほど過ごし、無事に集金も済ませた帰り道、弥助は待っていたようにおかなのことを訊ねた。

「ああ。お前、気になるのかい？」

彦太郎も女房のお君と同様に苦労知らずで育ったので、奉公人に対して、やや驕慢《きようまん》で皮肉な物言いをする。むっとなることもあるが、その時は気にならなかった。

「おかなは餓鬼の頃、堀留で一緒に暮らしておりやしたんで、妹みてェに思っておりやす」

弥助は自分とおかなのことを話した。

「そうだってねえ。親父はお前とおかなに所帯を持たせたがっていたようだが、お前、堀留の親父に断ったんだろ？」

「へい……」

「地女《じおんな》はいやかい？」

「………」

「お前、新石場に度々通っているそうだから、玄人《くろうと》の方がいいんだろう」

そういう目で見られていたと気づくと、弥助は冷や汗が出るような気がした。

「面目ございません」

「別にそれをどうこう言うつもりはないよ。お前だって男の端くれだ。わたしも若い頃はよく遊んだ」

「若い頃だなんてご冗談を。若旦那はまだ三十を過ぎたばかりじゃござんせんか」

「お君は勘がいいんで、浮気もできないのさ」

「ごちそうさまです」

「のろけに聞こえたかい？」

　ふっと彦太郎は笑った。だがすぐに真顔になり「おかなは後添えに入るということだ」と、あっさり言った。

「本当のことですかい？」

「ああ」

「大旦那も承知なんですかい？」

「おかなの相手は、うちの親父のダチなんだよ。神田で水菓子屋をしている。結構繁《はん》昌《じょう》している店だ。一年前に女房を亡くしてからやもめでいたんだが、まだまだ色気のある親父で後添えを貰う気でいたらしい。それも若い女がいいということだった。うちに遊びに来る内におかなを見初《みそ》めたらしいよ。うちの親父は幾ら何んでも年が違い過ぎると反対したが、意外にもおかなの方から話を進めてくれと言ってきたのさ」

　水菓子屋とは、おかなが藪入りの日に西瓜を買った店だろうかと、弥助はぼんやり思った。

「お前に振られてやけになったのかな」

　彦太郎は弥助を上目遣いに見ながら言う。

　弥助は短い吐息をついて「まさか」と吐き捨てるように応えた。

「だからって、お前が同情しておかなを嫁にしたところでうまく収まるものでもないだろう。おかなが納得してそうすることだから、傍《はた》がとやかく言うことでもあるまい」

「おれはおかながいやという訳じゃねェんですよ。蝦夷屋で初めて会ったんなら、その気になったかも知れやせんが、おかなとはきょうでェみてェに暮らしたんで、どうもそういう眼で見ることはできなくて……あいすみません」

「わたしに謝ったところで始まらないよ。まあ、お前の気持ちは何んとなくわかる。妹みたいな女は女房にできないからね。たまにはそういう奴等《ら》もいるが、あれは惚れたはれたとごたごたするのが面倒なんだろう」

「何んとも若旦那の理屈は変わっていまさァ」

弥助はふっと笑った。

二人はそれから蝦夷屋に着くまで、お互い黙ったままだった。おかなが自分を諦めるために、そぐわない縁談を承知するのかと思うと、やり切れない気がした。だが、それを止めるためには自分が名乗りを上げなければならない。その踏ん切りは、弥助にはどうしてもつかなかった。

おかなの恰好はそれとわかるほどに派手になった。水菓子屋の主《あるじ》から間を置かず着物や頭に飾る物が届けられ、おかなはこれ見よがしにそれ等を身に付けて悦《えつ》に入っていた。

お広が見兼ねて「お前はまだ蝦夷屋の女中なんだから、あまり目立つ恰好はしないでおくれ」と、小言を言うと、おかなはさすがに頭を下げて謝るが、その眼には反抗的な色があった。

他の女中達と、つまらないことで諍《いさか》いになることも多く、おかなちゃんは変わったと、陰で女中達が話しているのを弥助も耳にした。

弥助に対するおかなの眼は、まるで敵を見るように冷ややかだった。そんなおかなに弥助は何も言う気がしなかった。

ある日、古参の女中と言い争いになった後、おかなはぷいっと外へ出たきり蝦夷屋には戻って来なかった。

翌朝、水菓子屋の小僧がおかなの文を届けに来た。それには店を辞めるということが書かれていたらしい。

彦兵衛とお広は大袈裟なため息をついて、この節《せつ》の奉公人はろくに挨拶の仕方も知らないと皮肉な口調で言っていた。

それは結局、親のいない子は仕方がないものだというように聞こえて弥助の胸は冷えた。

おかなは祝言を挙げた様子はなかったが、どうやら無事に後添えに収まり、何んとかやっているようだとお広から聞いた。

それからしばらくして、浅草の年の市で、五十がらみの男と連れ立って買い物しているおかなを弥助は偶然見掛けたことがあった。

おかなは弥助には気がついていなかったので、弥助も声は掛けなかった。

おかなは男にぶら下がるように腕を絡《から》め、甘えた声で、あれこれと品物をねだっていた。

まるで二人は親子のようにしか見えなかった。派手な友禅《ゆうぜん》の小袖と丸髷《まるまげ》は、おかなには似合わなかったし、浅黒い顔に刷《は》いた白粉《おしろい》も唇の紅《べに》も子供が親の化粧品を悪戯したようで滑稽《こっけい》だった。

弥助は苦手な蜘蛛《くも》を見たようにいやな気分になり、そっと眼を逸らした。

七

おかなが蝦夷屋を辞めて一年、二年と月日が過ぎる内、弥助も自然におかなのことは忘れていった。

子が生まれたとお広から聞かされても、何んの感情も湧《わ》かなかった。おかなも新しい暮らしになじんでいるのだと微《かす》かに思っただけである。

弥助はその後、小紅屋でなじみとなった其扇を年季《ねんき》が明けるのを待って女房にした。彦太郎が言っていたように玄人の女が特に好きだった訳ではない。自分の身丈《みのたけ》に合う女を考えたら、それが其扇だったに過ぎない。

所帯を持とうかと切り出した時、其扇は一瞬、面喰らうような顔になった。

「間夫《まぶ》がいるのか？」

そう訊くと、慌てて「もう切れた」と応えた。

「そんなら話は早ェ」

安心して弥助が笑うと、其扇は号泣した。

今まで感情を露《あらわ》にしたことのない女だったから、弥助は大層驚いた。それほど嬉しいのかと怪訝な思いがしたほどだ。

「まあ、贅沢《ぜいたく》はさせてやれねェが、喰わせるぐらいはおれでもできらァ」

弥助は言ったが、其扇は泣くばかりで返事ができなかった。

彦兵衛とお広には大層反対されたが、弥助は意地を通した。蝦夷屋で骨を埋める覚悟をしていたから、せめて女房だけは自分の思い通りの女にしたかった。彦兵衛とお広は最後には渋々、了解してくれた。

蝦夷屋の近くの裏店に所帯を構えて通いになった弥助は、ほどなく番頭に昇格した。其扇は本名のおそのに戻ったが、なぜか二人の間に子はできなかった。

おそのは「女郎暮らしが長かったからねえ」と寂しそうに言う。餓鬼なんざ、いなくてもおれは別に構わねェと弥助はその度に応えた。

おそのは近所の人間と親しくつき合う気さくな面があった。どこに行ったのだろうと思っていると、隣りの年寄り夫婦の所で油を売っていたり、料理の上手なおかみさんの所から煮物をお裾分けして貰ったと、湯気の立っている丼《どんぶり》を抱えて来ることもある。

おそのとの暮らしは代わり映えのしない平凡なものだったが、弥助はそれに対して不満もなかったし、おそのも堅気《かたぎ》の暮らしに満足している様子だった。

無沙汰《ぶさた》を続けていた堀留の家から弥助の所に知らせが来たのは、所帯を構えて五年目のことだった。それは鎮五郎の訃報《ふほう》だった。

弥助は彦兵衛に事情を話して店を早引けすると、おそのを伴い堀留に向かった。所帯を持ったことも知らせていなかったからだ。

堀留の家には大勢の人間が集まっていた。皆、鎮五郎に世話になった連中である。昔は気に喰わない奴でも、久しぶりに会うと懐かしさがこみ上げた。鎮五郎は酒を飲んだ後で厠《かわや》に行って倒れ、そのままいけなくなってしまったのだ。

僧侶の読経《どきょう》の間、誰しも鎮五郎のことを思い出して涙に咽《むせ》んだ。僧侶が帰り、男達が車座になって酒を酌《く》み交わすと、女達は台所に立って酒の燗《かん》をつけたり、煮染《にし》めを運んだりとかいがいしく働いた。おそのもその中にさり気なく入っていた。先に立ってあれこれする訳ではないが、言われたことには、はいはいと応えて如才がなかった。

「おかなはやっぱり来ねェなあ」

大工をしている卯助《うすけ》という男が言った。弥助もそこで初めて、おかながいないことに気づいた。

「おかなはどうかしたんですかい？」

弥助は卯助に訊いた。

「お前ェ、奉公先が一緒だったのに知らなかったのかい」

卯助は陽灼けした顔に怪訝なものを滲ませて弥助を見た。

「水菓子屋の後添えに入った後のことは、とんと聞いておりやせん」

「亭主ってェのは爺《じじ》ィだったからよう、おかなは愛想を尽かして店の手代ととんずらしたのよ」

そんなことは知らなかった。彦兵衛もお広も何も言っていなかったところは、二人もまだそれを知らないのだろう。おかなの亭主は世間体《せけんてい》が悪いので黙っているのかも知れない。

「銭を持っていても結句《けっく》、若い男の方がいいんだな」

卯助は訳知り顔で言う。すると、周りにいた男達から、それに同調するような卑猥《ひわい》な言葉が出た。音松の妹のおなおがそれを小耳に挟《はさ》んで、言った男の胸を容赦《ようしゃ》もなく叩《たた》いた。

「餓鬼をおっ母さんに預けて行っちまいやがった。手前ェの親と同じことをするぜ。昔はそんなことは決してするもんかと息巻いてたくせによう」

音松はしんみりした顔で言う。母親の後を追ってわめいた音松は芝居小屋の下足番をしている。独り者で休みの日にはおなおの所に顔を出すという。おなおは半ば迷惑顔だが、たった一人の兄なので、仕方なく面倒を見ているらしい。おなおの亭主が邪険にしないので、ありがたいと音松は言った。

弥助はお松にくっついている三つほどの男の子に眼を向けた。

「水菓子屋は何んであの子供を引き取らねェんで？　実の子なら育てるのが当たり前だろうが」

弥助は子供が不憫で、つい声を荒らげた。

「だからよう、あの餓鬼はどうも旦那の種じゃなくて、手代のらしい」

音松は湯呑の酒を苦い顔で飲みながら言う。

「おっ母さんは年だし、お父っつぁんも死んで、この先、どうなるんだか」

卯助の言葉にため息が混じった。

弥助はまた、おかなの息子に眼を向けた。

おそのがあやしていた。息子は小粒の歯を見せて笑う。芥子《けし》坊主頭が愛くるしい。

弥助は腰を上げ、息子の傍に行った。

「お前さん、可愛いねえ。連れて帰りたいよ」

おそのはうっとりした声で言った。

「坊主、名前ェは何んという？」

弥助がそう訊くと息子は照れて俯いた。

「ほら、おじちゃんが訊いているよ。応えておやり」

お松は息子を急《せ》かした。

「やすけ……」

蚊《か》の鳴くような声で応えた途端、弥助の身体に訳のわからない痺れが走った。

「おっ母さん！」

慌ててお松を見た。

「ああ、そういうことさ。お前の名前を貰ったんだよ」

お松は鎮五郎の弔いで赤くなった眼に新たな涙を浮かべた。

「おかなは戻って来るのかい？」

「さあねえ」

「さあねえって、おっ母さん、これからこいつを黙って育てるつもりか？」

「仕方がないだろ？　他に頼れる所もないんだから」

「梅次《うめじ》がいるだろう」

弥助はおかなの弟を持ち出した。だが、梅次も弔いには顔を出していなかった。

「駄目だよ。あいつも行方知れずになってるから」

お松は寂しそうに言う。

「連れて帰ろうかな、帰ろうかな」

おそのは息子の手を握りながら歌うように言った。

「おその、本気か？」

弥助は真顔で訊いた。弥助も半ばその気になっていたからだ。

「いけない？」

弥助を見上げたおそのの顔が切羽詰《せっぱ》まっていた。

「後で泣き言は許さねェぜ」

「お前さんも可愛がると約束してくれたら」

「そりゃあ、可愛がるさ。可愛がるとも」

弥助は力んだ声で応えた。

「弥助、無理しなくていいんだよ」

お松は弥助の気持ちを察するように言う。

「おっ母さん、おれはお父っつぁんに何一つ恩返しをしていねェ。せめて一度ぐらい、お父っつぁんの真似事をさしてくれ。おかなの息子をおれに預けてくれ。決して粗末《そまつ》にはしねェ」

お松はありがとうと言うつもりだったが、言葉は途中で途切れた。

おそのは子供の弥助を胸に抱き寄せ「今日からうちの子になるんだよ。いい子にしておくれね」と言った。

半べそを掻《か》いた息子はお松に縋《すが》った。

「おや、おかしいねえ。いいかえ、こっちがお前のお父っつぁん、こっちがおっ母さんになるんだよ。だっこして、ねんねしてくれるんだってさあ。お祭りにも連れてって貰えるし、おいしいお菓子だって食べられるよ。さあ、どうする?」

試すようにお松が訊くと、息子はおずおずとおそのに近づき、とうとうおそのの首に手を回した。おなおが泣き出すと、他の女達も袖で顔を覆《おお》った。

弥助はようやく胸のつかえが下りた気がした。おかなの気持ちに報いる唯一の方法がこれならば、決して後悔はしないと思った。

弥助は鎮五郎の位牌に向かい、眼を閉じてそっと掌《て》を合わせた。胸の中でおかなの息子を預からして貰いやす、と呟いていた。

眼を開けた時、気のせいでもなく蠟燭《ろうそく》の火が大きく揺れた。

それは鎮五郎が「恩に着るぜ」と応えたようにも思えた。

富子すきすき

一

何も彼《か》も悪い夢を見ているようであった。

富子《とみこ》はその悪い夢から未だ覚《さ》めていないような気がしている。しかし、それは夢ではなく、この世の、うつつのことだった。

還暦を過ぎた富子の身に、よもやこのような災難が降り掛かって来ようとは思いも寄らない。富子は白金《しろかね》の上杉《うえすぎ》家下屋敷の一室で虚《うつ》ろな日々を過ごしていた。

心が虚ろであったのは富子ばかりではない。息子である出羽《でわ》米沢《よねざわ》藩の当主であった上杉弾正大弼綱憲《だんじょうだいひつつなのり》とて同じこと。綱憲は長男の吉憲《よしのり》に家督を譲って隠居した。心労が四十一歳の男をああまで老け込《ふ》ませるものだろうかと富子は思う。青黒い隈《くま》は皺《しわ》とともに綱憲の落ち窪《くぼ》んだ眼を縁取《ふちど》り、横鬢《よこびん》はすっかり白かった。

綱憲は夫である高家《こうけ》・吉良上野介《きらこうずけのすけ》と富子との間に生まれた長男であった。上杉家の三代当主、上杉綱勝《つなかつ》は富子の兄に当たった。綱勝は男子がいないまま急死したので、吉良家の長男であった三之介《さんのすけ》を上杉家の養子としたのである。

上杉家としては苦肉の策であった。

上杉家は綱憲を末期養子《まつごようし》とすることを許されたが、所領は半分の十五万石となった。しかし、とりあえず、跡継ぎがいないための改易《かいえき》は免れた。

案ずるのは信州高島藩諏訪安芸守《しんしゆうたかしますわあきのかみ》の許《もと》に配流《はいる》となった左兵衛義周《さひようえよしちか》のことばかり。左兵衛は綱憲の次男であり、吉良家の跡継ぎでもあった。

綱憲は幸い五人（内、一人は早世）の男子に恵まれた。それで次男の左兵衛を、今度は吉良家の養子としたのである。吉良家も綱憲の他は男子に恵まれなかったからだ。それは大名家で、さして珍しいことではなかった。何事もお家の存続こそを第一に考えなければならない。

名君三代将軍家光《いえみつ》が亡くなると、さほど身体《からだ》の丈夫でなかった竹千代《たけちよ》こと家綱《いえつな》が四代将軍の座に就《つ》いた。これが社会の混乱を招く一つの要因でもあったろう。まつりごとは自然、老中の手に委《ゆだ》ねられることとなった。阿部忠秋《あべただあき》、家光の異母弟である保科《ほしな》正之《まさゆき》が致仕《ちし》すると酒井忠清《さかいただきよ》が老中首座に就き、まつりごとは独裁的な色を呈するようになった。

延宝《えんぽう》八年（一六八〇）に家綱が亡くなると、忠清は朝廷から有栖川宮幸仁親王《ありすがわのみやゆきひと》を迎えて将軍の座に就かせようとした。確立しつつあった封建君主政治に朝廷の伝統を加えて、さらに強い権力を作り上げようとしたのである。

しかし、老中堀田正俊《ほったまさとし》は上州館林《じょうしゅうたてばやし》の城主、徳松《とくまつ》こと綱吉《つなよし》を将軍に擁立しようとして忠清と対立した。時の副将軍、水戸光圀《みとみつくに》の意向によって綱吉は五代将軍の座に就いたのである。

綱吉は家光の四男であり、母は側室お玉《たま》の方（桂昌院《けいしょういん》）であった。

綱吉は将軍の座に就くと、直ちに忠清を致仕させ、腐敗権力を排除すべく、忠清派の大名の改易を命じた。

綱吉は老中に牛耳《ぎゅうじ》られない将軍を中心とする専制的な立場を確立することに腐心したのだ。

しかし、まつりごとは若年寄、老中から離れて綱吉の周囲の人間の手に委ねられる側近政治となった。

綱吉は学問を好み、朱子学を重んじた。昌平坂《しょうへいざか》に大成殿《たいせいでん》を建て、儒者林信篤《はやしのぶあつ》を大学頭《だいがくのかみ》として旗本の子弟の教育を熱心に奨励したのである。自然、旗本、武家に儀式を重んじる風潮も伝わることになった。富子の夫である吉良上野介の仕事が繁忙を極めるようになったのも、そうした時代の風潮によるものかも知れない。

そも、高家とは何んぞやということになると、老中の下に属し、一万石以下でありながら官位は大名に準じたのである。幕府の儀式をつかさどり、特に勅使、公家《くげ》の接待。そして京都への使い、日光《にっこう》、伊勢《いせ》の代参を行い、また、城内での正月行事のあれこれは高家によって指図された。何んとなれば、吉良上野介は礼儀作法、祝膳の流派「吉良流」の家元であったからだ。

吉良流は室町十五代将軍、足利義昭《あしかがよしあき》の時代に吉良、小笠原《おがさわら》など五派が「官法五派」と定められ、加冠《かかん》、元服など饗礼における礼儀作法をつかさどったのが始まりである。

徳川の治世になり、吉良家が高家となったのは上野介の祖父である義弥《よしみつ》の代からであった。高家は、武家では吉良、織田《おだ》、今川《いまがわ》、武田《たけだ》、畠山《はたけやま》、上杉、京極《きょうごく》、土岐《とき》、大友《おおとも》など十八家、公家は六角《ろっかく》、日野《ひの》など八家が世襲されていた。

その中で上野介は年齢が高いだけ知識と経験が豊富で、幕府の高家として重きをなしていたのである。

その高家吉良が改易の憂き目を見ようとは誰が予想できたであろうか。それもこれも、元禄《げんろく》十四年（一七〇一）、三月十四日。赤穂《あこう》藩主、浅野《あさの》内匠頭長矩《たくみのかみながのり》が勅使下向《げこう》の殿中において、上野介に刃傷《にんじょう》に及んだことに端を発していた。

上野介は額《ひたい》に三寸、背に六寸の深手《ふかで》を負い、大層な出血であった。奥医師、栗崎道有《くりさきどうゆう》が、すぐさま手当を行ったが、上野介の傷の回復は、その後ひと月の時間を要した。額の傷は身体が回復した後もくっきりと残った。

富子は上野介の傷痕が、彼の表情を酷薄に見せるようになったことに胸を痛めていた。

色白の温顔は、少し眉をひそめただけで、はっとするほど険が走ったように見えたからだ。事実、殿中での一件は上野介の心にも大きな変化をもたらした。

上野介に咎《とが》めはなかったものの、武士ならば小太刀《こだち》を抜いた内匠頭に、ひと太刀なりとも応戦、叶《かな》わなかったのかと、口さがない連中の声も聞こえていた。そうなれば上野介とて咎めを受けることは必定《ひつじょう》。何より、六十一歳の上野介と三十五歳の内匠頭ではとてもとても勝負にならなかったに違いない。世間の口に戸は閉《た》てられぬの諺《ことわざ》を、富子はしみじみと実感したものである。

確かに、浅野内匠頭に、その日の内、すぐさま切腹の沙汰《さた》があったことは、富子も少なからず驚いた。内匠頭の江戸藩邸における家臣、まだその時は事情を知らされていなかった国許《くにもと》の家臣の胸中を考えて、他人事《ひとごと》ながら富子も気の毒にと同情を寄せていたものである。

内匠頭が刃傷に及んだ仔細《しさい》をもっと突き詰めてほしかったと富子は日毎《ひごと》、詮《せん》のないことばかり考える。そして、綱吉の裁量で、せめて浅野家が存続さえできていたなら、この度の赤穂藩士の討ち入りは、少なくとも行われることはなかったはずである。さすれば、上野介は老骨に鞭《むち》打って、左兵衛を一人前の高家とするべく、未だお務めに励んでいたものを、と思う。

いったい、どうしてこのようなことになったのか、富子は上野介の死と左兵衛の配流と、吉良家の改易に泣いて泣いて、泣き疲れると、誰に向けようのない怒りと苛立《いらだ》ちを覚えた。

あの日、上野介は松の大廊下の、柱から六間《けん》ほど白書院寄りの所で梶川与惣兵衛《かじかわよそべえ》と立ち話をしていたそうだ。簡単な打ち合わせでもあったのだろう。そこへ内匠頭が風折烏帽子《かざおりえぼし》、大紋《だいもん》姿の礼装にも拘《かかわ》らず、「此の間の遺恨《いこん》、覚えたるか!」と、大声で叫びながら上野介に小太刀で斬りつけた。梶川が内匠頭を止めなければ、上野介は恐らくそこで命を落としていたことだろう。

内匠頭は刃傷の理由を明かさずに、あの世へ旅立った。勅使饗応役を仰せつかり、心労が内匠頭を思わぬほどに蝕《むしば》んでいたのだろう。

何んでも内匠頭には「痞《つかえ》」という持病があったらしい。下々《しもじも》では癪《しゃく》と称されるものだ。緊張すると胸が詰まり、息苦しくなるもののようだ。京から勅使が下向されたのは三月の十一日。内匠頭の痞も、いよいよ亢進《こうしん》していたものと思われる。翌、十二日は雨。十三、十四日は終日、曇天《どんてん》。天気の具合も内匠頭には敵になったような気がする。

十四日の当日、上野介は早めに登城した。見送りした富子は「もう少し、お天気がよろしければ結構なのですが」と上野介に労《ねぎら》いの言葉を掛けた。

「なになに、雨が降らぬだけでも幸いである」

上野介は鷹揚《おうよう》に笑った。

「お務め、つつがなく果たされますよう」

左兵衛も言葉を掛けた。眼に入れても痛くないほどの愛《いと》しい孫であり、吉良家の跡継ぎである。上野介の眼は細められた。

あの日から歯車は徐々に狂って行ったのだ。

上野介が内匠頭に刀で斬りつけられた報が入った時、富子は一瞬、上野介の死を思った。

すると吉良家の今後をどうしたらいいものかに、すばやく頭を巡らしていた。左兵衛は高家の仕事を任されるには若過ぎて、いかにも心許ない。

幸い、上野介の命に別状はなく、富子もほっと胸を撫《な》で下ろしたものだ。富子は内匠頭が上野介に刃傷に及んだ理由がわからなかった。恐らく、上野介も明確にはわかっていなかっただろう。

お仕来《しき》たり、お仕来たりと、口うるさく言う上野介を疎《うと》む気持ちでもいたろうか。それにしては刀を抜くほどの怒りを覚えさせることを、上野介は果たして内匠頭にしたものなのか。富子は今もその理由が腑《ふ》に落ちなかった。

将軍綱吉の怒りは凄《すさ》まじく、側用人《そばようにん》の柳沢出羽守保明《やなぎさわでわのかみやすあきら》（吉保《よしやす》）の話も聞かず、内匠頭への裁断を決定したのである。綱吉にとって勅使を饗応することは、幕府の権威を朝廷に見せつけることでもあった。その大事な儀式に汚点をつけられて、怒り心頭に発したものであろう。

綱吉もまた、内匠頭と同様に激情の性格の持ち主である。

恒例ならば白書院で行われるご挨拶を急遽《きゅうきょ》、黒書院に変え、饗応御馳走役《ごちそうやく》も下総佐倉《しもうささくら》の戸田能登守《とだのとのかみ》が代役となり、何んとか勅答の儀は滞《とどこお》りなく終わったのであるが。

二

「母上」

閉じた障子に人影が映った。綱憲の声である。富子は凭《もた》れ掛かっていた火鉢《ひばち》から、すいっと身を起こした。

「綱憲ですか？」

「はい」

「お入りなさい」

綱憲は部屋の中に入って来ると、静かな物腰で障子を閉めた。つかの間、畳の上に午前中の眩《まぶ》しい陽射《ひざ》しが入った。侍女の綾路《あやじ》が三つ指を突いて綱憲を迎えた。綾路は三年ほど前から富子に仕えている十九歳の若い侍女であった。

「どうですか？　何かお城から連絡がありましたか」

富子はすかさず畳み掛けて訊いた。富子は左兵衛に身の回りの品を差し入れたい旨《むね》を願い出ていた。江戸と違い、信州はまだ寒さが堪《た》え難《がた》い。さぞ、不自由な思いをしていることだろう。せめて心ばかりの品を差し入れて左兵衛の気持ちを慰めたかった。

「まだ、お許しは出ません。申し訳ありませぬ」

綱憲は頭を下げて自分の不甲斐なさを詫びた。

「頭の堅い御仁がお揃いのようでは埒《らち》も明きませぬ」

富子は皮肉を込めた。

「母上のお願いでございますれば、むげにもお断りは致しませんでしょう。いずれ必ず……」

「左兵衛はさぞ、心細い思いをしていることでしょう。それを思うとわたくしは生きた心地もありませぬ」

「母上、あまり思い詰めるとお身体に障《さわ》ります。ずっとお部屋に籠《こも》り切りではございませぬか。お庭などお散歩致しませぬか？　そろそろ梅が咲く頃でございます。今朝は鶯《うぐいす》の鳴き声も聞きました」

綱憲は富子の気持ちを引き立てるようにそう言ったが、青黒い顔は相変わらず精彩が感じられなかった。

「鶯など鳴くものですか。この屋敷には春が訪れるような気も致しませぬ」

富子はにべもなく吐き捨てたが、さすがに言い過ぎたとすぐに感じた。綱憲は首を俯けている。

「申し訳ありませぬ。厄介を掛けておりながら我儘《わがまま》を申しました」

富子は低い声で謝った。

「何を水臭い。母上とは実の親子ではありませぬか。子が親の面倒を見るのは当たり前のこと」

綱憲は顔を上げると慌てて言った。その言葉は涙が出るほどありがたいと思う。実際、富子の眼は知らず熱くなった。侍女の綾路は富子の傍に控えていたが、一礼して立ち上がり、座敷の外に出て行った。自分がいては邪魔になると考えたのだろう。仕えている期間が短いが綾路はすでに富子の気持ちを読む術《すべ》を心得ていた。

「吉良の家も改易となりました。この先、殿の菩提《ぼだい》を弔うことで余生を送りたいとは思いまするが、どうにも左兵衛のことばかりが気掛かりでなりませぬ」

「それはわたしも同じことです」

綱憲は相槌を打った。

「そなた……老けましたね？」

「…………」

「もはや、左兵衛のこと以外、思い惑うこともないはず。しかし、左兵衛も命を取られた訳ではありませぬ。そなたも隠居なされた今、趣味などで心を慰めてはいかがです？」

富子は綱憲を励ますように言った。

「そのような気にはなりませぬ。外に出かけることすら億劫《おっくう》です。母上、世間がわたしのことを何んと申しておるのかご存じですか」

「はて……」

「鷹の羽のいきおいつよき紋どころ、竹に雀はちゅうのねも出ず、だそうでございます」

「何んと……」

富子は一瞬、息の根が止まるような衝撃を覚えた。鷹の羽は浅野家の紋、竹に雀は上杉の紋であった。赤穂の藩士の勢いに上杉家の当主であった綱憲が手も足も出なかったという落首《らくしゅ》である。誰がそのようなことを考えたものか、怒りを通り越して富子はただ呆れに呆れた。

「うまいことを言うものだと思いました」

綱憲は自嘲的な笑みを洩《も》らした。手も足も出なかったのではない。富子は胸の中で強く思う。

「人の口に戸は閉てられぬ、とはよく言ったものです。そなた、そのような噂を気にしてはなりませぬ」

富子は母親らしく息子を諭した。あの時、綱憲はもちろん、上野介を助けるべく家臣を出兵させようとしたのだ。富子はそれを止めた。いや、富子ばかりでなく上杉家の家老もそれを止めた。吉良に加勢すれば、上杉十五万石の将来が危ぶまれた。お咎めは必ずやあっただろう。激情家の綱吉ならば尚更《なおさら》。

多くの家臣を路頭に迷わす訳には行かない。それでは浅野の二の舞である。出兵させなくてよかったのだと富子は今でも思っている。

しかし、綱憲には上野介の息子として吉良家を救えなかった悔恨《かいこん》が残った。綱憲の気持ちが富子には切ない。世間の人々はそんな綱憲の気持ちを知らずにおもしろおかしく落首に仕立てて笑うのか。

綱憲は心底、上野介を父として慕っていたのだ。

離れて暮していたとは言え、綱憲の十三歳の、元服の儀式には上野介が上杉家に駆けつけ、自ら家臣に指図して行ったものだ。僭越《せんえつ》至極と陰口もあったが上野介は怯《ひる》まなかった。大事な吉良家の長男を上杉家のために差し出したのである。その思いが上野介から拭い切れなかった。

「ご立派でございまする。上野介、心からお喜び申し上げまする」

泣き出さんばかりの上野介の感激ぶりを富子は昨日のことのように思い出す。

富子が上杉家へ綱憲を養子にと口に出した時、上野介は眼を剥《む》いた。さほどに家が大事かと富子を罵《ののし》った。

「吉良家は大事でございます。同様に上杉の家も大事でございまする。兄上に子がないとあっては上杉家は改易の憂き目を見ます。富子、一生のお願いにございます。どうぞ、三之介を上杉へ。お慈悲でございまする」

富子は畳に頬を擦《す》りつけんばかりにして上野介に懇願した。三之介はわずか二歳であった。

綱憲の養子縁組を成功させたのは年上妻の力なりと、吉良家の親戚は陰口を叩いた。富子は上野介より三歳年上であった。

そも、父、上杉定勝《さだかつ》が自分と上野介の縁組を考えたのは吉良家が清和源氏の流れをくむ由緒正しき家柄だったからだろう。加えて初代将軍家康の祖父に当たる松平清康の娘、俊継尼が上野介の大曾祖父吉良義安の妻であった。富子の兄の綱勝が三代将軍家光の異母弟、保科正之の娘春子を娶《めと》っていることから、富子の夫も将軍家と何んらかの繋がりを持った人物をと父が考えたのは容易に察しがついた。

しかし、綱吉が五代将軍に就いた時、富子はいささかの危惧を抱いた。なぜなら、上野介の母親は四代将軍家綱時代の大老、酒井忠勝の姪に当たる女性だったからだ。酒井忠勝は家綱時代の初期の大老で、次の大老酒井忠清は綱吉が将軍に就くことに反対していた。綱吉の心の中に未だに酒井憎しの気持ちがあるはずである。その酒井と吉良が姻戚関係にあることを綱吉は充分に承知している。さすれば、この度の吉良家の改易も左兵衛の配流も、そのことが尾を引いていたことなのではないか。富子はあらぬ考えに捉《とら》えられた。

いやいや。富子はまた別の考えを持ち出す。

綱憲は御三家、紀州大納言徳川光貞の娘である為姫（ねゐ）を正室に迎えている。為姫は綱吉の女婿《むすめむこ》である徳川綱教《つなのり》の姉に当たった。

これこそ、将軍家と姻戚関係にある家柄と誇って何悪かろう。左兵衛に切腹を命じなかったのは綱吉のせめてもの温情なのか。しかし、配流が温情と呼べる措置とは富子にはどうしても思えなかった。

「今日も一日、時間が長く感じられ、母上には当惑のこととお察し致しまする。いかがですか？　茶室に参って、わたしに薄茶など点《た》てていただけますまいか」

綱憲は富子の気を引き立てるようにそう言った。

「易《やす》きこと。いかにもこのまま苛々《いらいら》とお城からの連絡を待っているよりは心静かに茶など点てている方がましというもの」

富子は肯《うなず》いて綾路の名を声高く呼んでいた。

三

元禄十五年（一七〇二）の十二月十四日の夜半、正確には十五日の早暁。赤穂藩士は本所《ほんじょ》の吉良の屋敷に討ち入った。浅野内匠頭が刃傷に及んでから一年と十ヵ月目（含む閏《うるう》月）。吉良の屋敷が呉服橋《ごふくばし》から本所に移されて一年ほど経った出来事であった。

十四日には吉良の屋敷で茶会が開かれた。

富子はその茶会には出席せず、白金の上杉の下屋敷にいた。下屋敷は吉良家の別荘とも思えるほど慣れ親しんだ場所である。上野介も下屋敷に訪れると四日、五日と逗《とう》留《りゅう》することが多かった。赤穂藩士は上野介が本所の屋敷にいる機会を虎視《こし》眈々《たんたん》と狙っていたものと思われる。茶会の行われる夜ならば、必ずや屋敷にいるものと踏んだのだろう。

本所の屋敷は松平登之助《まつだいらのぼりのすけ》の屋敷跡であった。呉服橋際の屋敷と違い、西側と南側は通りを隔てて町家に隣接していた。赤穂藩士がその中に紛れて様子を窺うには、呉服橋の屋敷より容易であったろう。

敵討ちは果たしてあるのか否か、富子もずい分、心配したものだ。綱憲も密偵を放って彼等の動向を探っていたが、時を経るごとに警戒心は薄れていった。何より上野介当人が敵討ちはもう行われないものと楽観視していたように思える。

内匠頭が殿中にて刃傷に及び、切腹を命じられ、上野介には、後に隠居の命が下りる。

隠居の身なれば城のすぐ近くに住まう必要はない。呉服橋際の屋敷から本所に屋敷替えとなったのも肯ける話ではある。しかし、富子は屋敷替えに妙な胸騒ぎを覚えたものだ。

誰かの、何らかの作意を感じた。富子の気持ちなど微塵も感じることなく、新しもの好きの上野介は本所の屋敷の完成を心待ちにしていた。

火の気のない茶室は吐く息が白く見えていたが、茶釜《ちゃがま》の湯が沸くにつれ、ぼんやりと温もりが漂ってきた。表千家の流儀にのっとり、富子は綱憲のために薄茶を点てた。

綱憲の仕種《しぐさ》は堂々として風格が感じられる。

さすがに上野介の手ほどきを受けただけのことはあった。濃い眉もくっきりしたふた皮眼も上野介よりも、富子の父、定勝に似ている。吉良家の顔というより、上杉家の血を受け継ぐ顔である。上野介には悪いが、富子は内心でそれを喜んでいた。反対に左兵衛は上野介の若い頃と瓜二《うりふた》つだった。左兵衛殿は上野殿と似ておられる、と人に言われる度に上野介は相好《そうごう》を崩した。左兵衛を吉良家の跡継ぎに据《す》えることができて、富子はどれほど安堵《あんど》したかわからない。綱憲の後、富子は男子に恵まれなかった。皆、女子ばかりである。

口にこそ出さなかったが上野介の落胆ぶりを感じた。今度こそ男子を産むべしと、閨《ねや》では大胆に上野介に振る舞った。そんな富子を上野介はどう思っていたのだろう。はしたない女と辟易《へきえき》していたのかも知れない。だが、三十の半ばで上野介と閨を共にすることもなくなっていた。

「父上の末期《まつご》の水は薄茶であったのでござろうの。いかにも数寄者《すきもの》の父上らしい」

綱憲は茶碗の中身を飲み干すと、しみじみした口調で言った。

「戯《たわむ》れを……」

富子は寂しい笑顔を見せた。

「あの夜はひどく月が美しい晩でございました。われ等《ら》もさぞや茶会に興を添えるものと喜んでいたではありませぬか。その後にとんでもないことが起ころうとは夢にも思いませんでした」

　富子は溜め息混じりに続けた。

「左兵衛もあの夜の茶は格別に美味であったと申しておりました。左兵衛はまだ十八歳でござる。これからひと花も、ふた花も咲こうというのに……でき得るならば、わたしが左兵衛と代わってやりたいと心底思いまする」

「本当に……」

「いっそ、左兵衛は浅野の家臣と闘い、潔く父上と共に逝《ゆ》かれた方が倖《しあわ》せではなかったのかと思いまする」

「何を言う。左兵衛が生きておるからこそ、われ等は何んとか生きる意欲が湧こうというものです。滅多なことは申されるな」

　富子は気弱な綱憲を窘《たしな》めた。

「母上は強いおなごであらせられる」

「もう一服、いかがでございますか」

「いただきます」

　綱憲は丁寧に一礼した。その時、茶室の障子越しに鶯の鳴き声が二人の耳に届いた。

「ほら母上、わたしの申したことに嘘はございませぬ。お聞きになりましたか」

「確かに、この耳に聞こえました。いよいよ春でございまする。しかし、われ等の春はいつ来ることやら……」

赤穂藩士は本懐を遂《と》げると高輪《たかなわ》の泉岳寺《せんがくじ》へ亡君の霊に報告するため向かったという。また、藩士の内の二人は仙石伯耆守《せんごくほうきのかみ》の屋敷に出向き、上野介の首を討ち取った旨を届けている。

伯耆守は早々に登城し、赤穂藩士の処遇を幕閣の重鎮達と検討した。結果、四十六名の藩士は細川越中守《ほそかわえっちゅうのかみ》、松平隠岐守《おきのかみ》、毛利甲斐守《もうりかいのかみ》、水野監物《みずのけんもつ》の屋敷へ、それぞれ分散してお預けの身となった。藩士は四十七名にて敵討ちを決行したが、いかなる理由か、その内の一人は泉岳寺に向かう途中で行方知れずになっている。恐らくはその後、彼等は切腹を仰せつけられる宿命と覚悟を決め、しかし、全員がそうなっては国許に伝える者がいなくなる。国家老《くにがろう》の大石内蔵助《おおいしくらのすけ》が藩士の一人にその役目を申しつけたものだろう。

公儀は赤穂藩士の処分について議論を闘わせた。すなわち、助命するか、切腹させるかの二つに一つ。将軍綱吉は、最初、あろうことか藩士の助命を考えたという。

何んという……富子はそれを聞かされて眼を剝く思いだった。生類憐《しょうるい》みの令を発布するような綱吉の心の中は、やはり富子には計り知れないものがあった。

柳沢出羽守は綱吉の気持ちを察した上で儒臣に意見を仰いだ。儒臣、志村楨幹《しむらていかん》は師の荻生徂徠《おぎゅうそらい》の「義士の義士たる大義」という考えを重んじ切腹論に落ち着いたのだ。

翌元禄十六年、二月四日。幕府の御目付一人、御使者一人ずつが検使となって、藩士がお預けとなっている各屋敷に出向き、切腹仰せつける旨を申し渡した。

同日。左兵衛義周も評定所《ひょうていじょ》に召し出され、「浅野内匠頭家来、四十六人押し込み、上野介を討ち取りし節の始末、段々似あわざる仕形《しぎょう》」とされ、領地召し上げ、信州高島に配流となることを申し渡された。

桜田《さくらだ》の上杉の上屋敷には、また別の上使、荒川丹波守《あらかわたんばのかみ》の嫡子、佐太夫《さだゆう》が訪れ、赤穂藩士、並びに左兵衛の処分の旨を伝えた。

富子は上野介が討ち取られたことの衝撃よりも、この二月四日の公儀からの沙汰に衝撃を覚え、心労から二、三日床に就いた。

左兵衛が江戸を出立したのは、それから七日後の十一日のことであった。

左右田孫兵衛《そうだまごべえ》と山吉新八郎《やまよししんぱちろう》が供《とも》についた。

「あら楽《らく》や、願いは叶う身は捨つる、浮世の月に翳《かか》る雲なし」

綱憲は薄茶を喫《きっ》し終えると歌うように一首を呟いた。

「どなたが詠《よ》んだものですか？」

袱紗《ふくさ》を捌《さば》きながら富子は訊いた。

「浅野の家臣の一人の辞世でありまする」

「大石とかいう国家老の？」

「いや、大石某《なにがし》は無骨者ゆえ、さほどに気の利いた辞世は詠めませぬ。小野寺十内《おのでらじゆうない》という下級の家臣のものだそうでござる。なぜか、それだけを覚えておりまする。本懐を遂げ、もはやこの世に思い残すこともない晴れ晴れとしたものが伝わって参ります」

「おっしゃいますな。何が晴れ晴れ、何が思い残すことがないものか……」

「………」

「綱憲。左兵衛があの夜の計らい、よろしからずとの理由で配流になったこと、わたくしは今でも承服できかねます。左兵衛に手落ちがあったとは断じて思われませぬ」

「御意。むろん、わたしも左兵衛に手落ちがあったなどとは思っておりませぬ。左兵衛は父上をお守りするべく、長刀《なぎなた》で果敢に闘い、額に怪我までしたのですから」

左兵衛の額の傷は上野介と同じ場所に受けた。その表情はまるで上野介と引き写しであった。富子は誰に言ったこともないが、因縁めいたものを感じた。

「小林がついていながら重ね重ね口惜しい。剣術に長《た》けているなど笑止な。小林はまっさきに討ち取られたというではありませぬか」

小林とは小林平八郎《へいはちろう》のことだった。上杉家から吉良家に遣わした家臣である。

「いや、小林がいようが誰がいようが、あの日の浅野の家臣の勢いは止められなかったと思いまする」

「何故？」

富子は怪訝な眼をして綱憲を見た。その拍子に裲襠《うちかけ》の襟がずるりと外れた。富子はそれを癇性《かんしょう》に肩先に引き上げながら、綱憲の方に向き直った。

「世間がもはや、浅野に味方してしまったからでござる。父上のみしるしを挙げたと知るや……」

綱憲はそこで、つかの間絶句した。上野介の首を切られたという現実が彼の胸に生々しく蘇《よみがえ》ったものだろう。富子はその首を見ていない。討ち入り後に吉良家の菩提寺である万昌院《ばんしょういん》が要請して、泉岳寺に運ばれた上野介の首級が同寺の僧侶によって左兵衛の許に届けられた。首級と身体を揃えて上野介の葬儀をようやくとり行うことができたのだ。

上野介の首そのものを見ることなど、富子にはおぞましくて堪えられなかった。

しかし、浅野内匠頭の正室、阿久里《あぐり》の侍女は駕籠《かご》で泉岳寺に出向き、上野介の首級をしっかりと確認して阿久里の許に戻ったという。

何につけても浅野家は当主の内匠頭を除いて、優れ者の忠臣が揃いも揃ったものだと、富子は内心で独りごちた。それに比べて上杉も吉良も腑抜けの家臣ばかりに思える。

「父上のみしるしを挙げたと知るや、世間の人々は浅野の家臣を喝采《かっさい》で迎えました。あっぱれなるや、武士の鑑《かがみ》とて……」

綱憲の声がくぐもった。富子は茶釜に湯がたぎる様子を見るでもなく見た。富子の心情もその湯のようにたぎって憤りを覚える。

「われ等は浅野の家臣の亡君の恨みを晴らそうという堅い意志に負けたのではなく、江戸府民の風評に負けたのです。今ではそのように感じられてなりませぬ。四十七名の忠臣の前では、わが屋敷から、たとえ百万の兵を出したところで勝機はなかったものと思いまする」

あ、と富子は思った。綱憲は今、赤穂の藩士に忠臣という言葉を遣った。それは自分も考えていたこととは言え、富子は衝撃を受けた。

「もはややめましょう。幾ら考えたところで詮のないこと……」

富子は茶釜に水を入れた。たぎる湯はつかの間、静まった。

四

富子の差し入れの件は、ほどなく許された。

富子は手ずから縫った左兵衛の下着、袖無し、煎《い》り豆、干菓子、腹痛のための薬、膏薬《こうやく》などを包みにして上杉の家臣に託した。家臣はすぐさま、信州に向かう左兵衛の一行の後を追った。

左兵衛は二月の十六日に高島城に到着している。戻って来た家臣の話では、道中、吹雪《ふぶき》や氷雨《ひさめ》など悪天候が続き、大層往生した由。

天気までも吉良に仇《あだ》するかと、富子は悔しかった。

諏訪家では左兵衛の自刃《じじん》を恐れ、まるで腫《は》れ物に触るような待遇であるという。それはいいが、警戒するあまり、供の左右田孫兵衛や山吉新八郎の小刀、扇子《せんす》までも携帯を禁止し、左兵衛の月代《さかやき》、髭が伸びているのに剃刀《かみそり》を使うことも許されず、鋏《はさみ》だけにて身仕舞いを整えているとのことだった。

諏訪家は赤穂藩士の左兵衛襲撃をさらに警戒している様子だった。

三月に入り、富子は綾路と上杉の家臣を伴って牛込《うしごめ》の万昌院へ墓参に赴《おもむ》いた。季節はようやく春めいて、万昌院の境内に植わっている桜の樹《き》も白い花びらをほころばせていた。

上野介の墓にぬかずいて祈ることは、左兵衛の無事。この先は心穏やかに日々を暮せるようにと。そして吉良家改易の今、せめて上杉家の繁栄を祈らずにはいられない。

墓参を終えると住職が富子に茶を差し上げたいと申し出て来た。富子はそれをありがたく受けた。

広い境内《けいだい》を見渡せる本堂の座敷に座り、富子は住職の世間話を聞いた。なるべく富子の神経を逆撫《さかな》でしないように話題に気を遣っている様子が窺われたが、一つ、どうしても心に引っ掛かることがあるらしく、その温顔に僅《わず》かに緊張を走らせて「畏《おそ》れながら……」と口を開いた。

「これは上野殿の墓参に訪れた町人が申されたことですが」

「町人が何故、わが殿の墓参を？」

富子は訝《いぶか》しい眼をして住職の顔を見た。

「かの町人は三州（三河）の出身なれば、国許においても、菩提所に度々罷《まか》り越し、その時、吉良若狭守《わかさのかみ》殿の戒名《かいみょう》を覚えておりました」

「それで、ここの寺にも参ってくれたのですか。それはありがたきこと」

かの地には上野介、四代の祖、吉良若狭守の墓があった。若狭守は天正《てんしょう》年間、織田信長《のぶなが》に首を斬られたことを富子は突然に思い出し、背中が粟立《あわだ》った。しかし、富子は胸の内を隠し「それで？」と住職の話を急《せ》かした。

「まこと因縁と申しましょうか。若狭守殿のご命日は十二月の十四日とか……」

「………」

首を斬られた日付も上野介と酷似《こくじ》していた。

若狭守の首は川のほとりで斬られたという。家臣がそれを菩提寺に運んだのだ。

「それだけではございませぬ。問題は戒名でございまする」

住職は言葉を続けた。

「戒名とな？」

「はい。若狭守殿の戒名が円山成公《えんざんじょうこう》でございますれば……」

富子は今度こそ驚いた。それは上野介の戒名でもあった。

「それは確かなことでありまするか？」

「はい。かの町人、明確に覚えておりましたゆえ……奥方様、いかが致したらよろしいでしょうか」

「いかが致すも何も……それはわたくしの一存ではまいりませぬが、戒名の変更を考えねばなりませぬ。あの世でわが殿がとまどっていらっしゃる」

富子はようやく笑った。

「それではさっそく、そのことにつきましてご相談の上、新たな戒名を考えまする」

「よろしくお願い致しまする」

茶を飲み終えて住職に暇《いとま》を告げると、寺の外で待っている駕籠まで富子は綾路と一緒にゆっくりと歩いた。しばらく歩く機会もなかったので足が弱っているのか、足許は覚つかないような気がした。

「とても驚きました」

綾路が富子に手を貸しながら静かに言った。

「戒名のことですか？」

「はい。そんな偶然もあるものなのでございますね」

綾路は不思議でならないという表情をしている。綾路の紅花色の小袖が春らしいと富子は思った。

綾路はさして人目を惹《ひ》く美貌ではないが芯の強さを感じさせる女性だった。

「若殿様が諏訪にお出ましになる前、わたくしにお言葉を掛けられました」

綾路の言葉に不意に富子の足が止まった。

「左兵衛はそなたに何んと？」

「奥方様はお年ゆえ、くれぐれもよろしくとの仰せでございました」

「………」

「また、上杉のお殿様もご心労が窺われますので、そちらにも気遣うようにとおっしゃられました」

「われ等のことより自分のことだけを考えたらよろしいのに……」

左兵衛の心遣いを痛いほどに感じる。富子は洟《はな》を啜《すす》った。綾路は慌てて手巾を差し出した。それを鼻に押し当て「老い先短いこの身。綾路、くれぐれもよろしくお頼み申す」と言った。

「もったいないお言葉。奥方様、どうぞ何んなりとこのわたくしにお申しつけ下さいませ。わたくしは、たとえ火の中、水の中でも奥方様のためなら厭《いと》いませぬ」

「何んと大袈裟な。わたくしは火の中、水の中のご用はそなたに頼みませぬ」

富子の言葉に綾路は眉を上げ、蓮の花のような笑みを洩《も》らしていた。

上野介の戒名は後に「実山相公《じつざんしょうこう》」と改められた。

戒名が改められた夜、富子は上野介の夢を見た。闇の中で自分を呼ぶ上野介の声が聞こえた。

「富子、富子……」

その声は妙に澄んでいた。年老いた上野介ではなく、富子が輿入れして間もなくの、初々《ういうい》しい若き上野介の声だった。

「上野殿……」

富子はその声に応えた。限りない懐かしさがこみ上げ、悲しくもないのに富子の眼が濡れた。灯りも消した真っ暗闇の中で上野介の姿は見えない。それでも確かに上野介の気配がした。あろうことか上野介は富子の横になっている蒲団《ふとん》の中にすべり込んで来た。今更何を、と訝る気持ちを感じる間もなく上野介が富子の寝間着の肩を優しく撫でた。ああ、その手の感触こそ上野介だった。

「富子……」

「はい」

富子は震える声で応えた。

「富子……」

「はい」

応えるだけで精一杯である。吐息が熱い。上野介は富子の耳に、その唇を近づけ「富子、すきすき……」と囁《ささや》いた。

　富子すきすき……嫁して間もない頃、上野介は閨で何度その言葉を囁いたことだろう。それは誰にも洩らしたことはない。上野介と自分との二人だけの秘密だった。陽のある時はおくびにも出さない上野介の、それが最も私的な言葉でもあったろうか。上野介と閨を共にしなくなっても、上野介は別の女人を傍に近づけようとはしなかった。上野介は女体を欲しがらない身体になっていたのだろうか。

　傍には小姓の清水一学《しみずいちがく》がつき添うようになった。上野介は若い清水がいるだけで満足であるらしく、一日中、清水を傍に置きたがった。清水と上野介の間に衆道《しゅどう》の関係があったのかどうか富子は知らない。そうであっても、そうでなくても、その頃の富子には関係のないことだった。余計な嫉妬《しっと》も覚えたこともない。しかし、夢の中の上野介は限りなく優しかった。富子すきすきは、上野介の口舌《くぜち》に過ぎないと思っていたが……。

　朝の光が眩しく降り注いだ時、富子は綾路が声を掛けて来る前に床の上に起き上がって、昨夜の上野介の声を反芻《はんすう》した。すると突然、上野介の領地にある塩田のことが脳裏をよぎった。

吉良家の知行地は三河の岡山、横須賀《よこすか》、乙川《おつかわ》、饗庭《あいば》、小山田《おやまだ》、宮迫《みやばさま》、鳥羽《とば》、上野の白石、中野谷《なかのや》、人見《ひとみ》にあり、四千二百石を治めていた。知行地において、上野介は名君の誉れが高い。

貞享《じようきよう》三年（一六八六）には黄金堤《こがねづつみ》の築堤を行って人々に喜ばれた。そして塩田である。富好新田《とみよししんでん》と名づけられた塩田は富子の一字を取っている。命名の意味を問うと上野介は「わしがいつもそなたに申しておろうが。富子すきすきとな。そのまま名づけたまでじゃ」と、悪戯《いたずら》っぽい表情で笑った。富子は金時《きんとき》の火事見舞いのように顔を赤くしたものだ。

「後生《ごしよう》です。何とぞ別のお名を」

富子は懇願したが上野介は笑って取り合わなかった。年老いてからはともかく、若い頃、上野介は確かに自分に好意を抱いていたのだと改めて思う。たとい、家と家の間で決められた夫婦であろうとも。

もっと上野介と言葉を交わしておけばよかったと富子はつくづく悔《く》やんだ。常に自分と上野介の間には綱憲、左兵衛、あるいは娘の鶴子《つるこ》、阿久利、菊子《きくこ》がいて、血を分けた息子、娘、孫を通してしか、ものを言うこともなかったのだから。

「お目覚めでございますか？」

綾路が襖《ふすま》の外から遠慮がちな声を掛けた。

「はい。起きておりまする」

「それではお着替えと洗面を」

綾路は静かに襖を開けた。

「綾路、昨夜、わたくしはわが殿の夢を見ました」

富子は少し昂《たかぶ》った声で綾路に言った。綾路は一瞬、困惑したような表情を浮かべたが、すぐに「それはよろしゅうございました。今日一日、吉良のお殿様のお蔭で奥方様も心楽しくお過ごしになれましょう」と応《こた》えた。

しかし、それから間もなく綱憲が激しい目まいと吐き気を覚えて倒れた。綾路が富子に見せた困惑の表情は、あるいは何か胸騒ぎを覚えたためだったと富子は後で感じたものだ。

五

綱憲は一時、意識不明の重体に陥《おち》ったが、医師の介抱で何んとか回復し、小康を保っていた。それでも床上げするまではならず、終日、臥したまま暮していた。

富子は昼食の後で綱憲の部屋に見舞いすることが日課となった。

長男、吉憲は桜田の上屋敷から時々、顔を見せ、その度に綱憲はお勤め向きの話をしているようだった。家督を譲ったとは言え、綱憲にしてみたら、まだまだ心許ないことは多かったのだろう。元禄の時代に入ってから、上方の勢力が江戸に入って来て、物価が高騰し、世の中は経済の不均衡に陥っていた。知行を半減された米沢藩は特に困窮していた。

綱憲は延宝年間(一六七三～一六八一)に起こった全国的な凶作には、領地の人間に給米を施《ほどこ》したり、大火のための防火隊などを組織して領地の人間に喜ばれている。しかし、財政の立て直しはなかなかに難しく、江戸藩邸出入りの商家に七千両もの不払いを生じさせたこともあった。その不払いを何んとかしようと、領地の商家に御用金を命じ、国許の藩士の減給、知行地の借り上げなどをして不興を買ってもいた。財政の支出の何割かは吉良家への援助ということもあったのだが、富子はそこまで考えが及ばなかった。まつりごとは、すべて男の手によるものだったからだ。

五月の江戸は夏の陽射しが堪え難い。夏蒲団とはいえ、寝ている綱憲の額にはふつふつと汗が滲《にじ》んでいる。富子は時々、その額の汗を拭ってやっていた。庭からはかまびすしい蟬の鳴き声が聞こえていた。

「暑さがこたえますか」

富子は綱憲の土気色の顔を覗き込んで訊いた。

「いや、それでも梅雨の頃より凌《しの》ぎ易《やす》いと思われます。長雨が続くと頭痛が致しておりましたゆえ……」

「そなた、隠居して箍《たが》が弛《ゆる》みましたか」

「これはこれはお言葉ですな」

綱憲はそれでも気丈《きじょう》に口を返した。

「何事があっても季節は巡ってまいります。昨年の今頃は何をしていたことやら、もう思い出しも致しませぬ」

富子は座敷から見える庭に眼をやりながら、しみじみと言った。

「さよう。一年は短いと言いながら、過ぎてしまえば遠い昔のように思われまする。特にわれ等にすれば……昨年の今頃、父上はまだ息災であらせられた」

「…………」

「浅野の家臣も昨年の今頃は暑さに往生しながら糊口を凌いでおったのです」

「もはや、浅野のことはやめばや……」

富子は心細い声で綱憲を制した。

「忘れよう、口には出さずにおこうと思いながら、ふと気づけば、そのことばかりを考えておりまする。畢竟《ひっきょう》、未練なりと己《おの》れを叱ってもどうすることもできませぬ」

「綱憲、わたくしもそうです。おなごの浅知恵とお笑いなさるかも知れませぬが……」

富子はそこまで言って、少し逡巡する顔になった。綱憲は顔を富子の方に向けて「何んなりとお話し下され。黙っているよりは気が紛れます」と富子の次の言葉を急かした。

「そなた、この母の言葉に笑わぬか？」

「笑いませぬ」

「わたくしは浅野殿が殿中の不調法でお腹を召されたというのに、翌年、勅使饗応の儀がいつも通り行われたことに心底、驚きました」

富子がそう言うと、念を押したはずなのに綱憲はやはり乾いた声で笑った。

「ほら、お笑いなさった。やはり口に出さねばよかった」

富子はきゅっと綱憲を睨《にら》んだ。

「いや、そういうことを申されるのは母上しかおられぬなと思い、愉快な気持ちになりました。いかにもそうです。多くの負担を強いる勅使饗応の儀なれば、無理もあろうかと、翌年だけでもご遠慮いただくのも一つの案ではありまする。しかし、それは上様のたってのご要望でありますれば是非もありませぬ」

「さようでございますね」

「わたしには今でも浅野殿のお怒りが理解できませぬ」

「それはわたくしも同じです」

「浅野の家臣は父上と浅野殿の経緯を喧嘩《けんか》と捉え、喧嘩ならばいささか承服できかねると敵討ちの決意をされたものだろうが……」

「わが殿を独夫と侮《あなど》りました」

「果たしてあれは喧嘩であったのでしょうか」

「さて……わたくしにはわかりませぬ」

　富子は溜め息の混じった声で応え、綱憲の額の汗をまた拭った。

「御目付の荒木十右衛門《あらきじゆうえもん》殿が検使として細川殿のお屋敷にまいり、切腹の旨を申し渡した時、大石某は謹んでお受けする姿勢は見せたものの、申し渡しの一部に承服できかねる箇所があったそうです」

「どのような？」

「申し渡しの中の徒党を組んで、というところでございまする」

「あの者達、徒党を組んで吉良の屋敷に討ち入ったことに間違いはなかろう」

富子は思わず気色《けしき》ばんだ。綱憲が洩れ聞いた切腹申し渡しの内容はおよそ次のようなものだった。

『浅野内匠は勅使御馳走の御用仰せ付け置かるその上、殿中を憚《はばか》らず、不届きの仕方につき御仕置き仰せ付けられ、吉良上野儀、御構《おかま》い無しに差し置き候処、主人の讐《かたき》と申し立て内匠頭家来、四十六人が徒党を致し、飛道具など持参上野介を討ったる始末、公儀を恐れざる事重々不届きに候、依って切腹申し付くるものなり』

大石内蔵助は謹んで受け取ったものの「ただ今、仰せの御意について徒党の二字を承りましたが、われ等は皆、内匠頭の家来にて亡主の仇を討ち申したことであり、徒党と申すものではございませぬ」と応えた由《よし》。

綱憲は切なげな吐息をついて言葉を続けた。

「人には立場によって様々な理屈があるものだと思いました。細川殿はお預かりした浅野の家臣に深い同情を寄せ、ご子息の内記《ないき》殿にもお引き合わせ致し、鶴のお料理で手厚くもてなしたようであります。他のお預かりしたお屋敷でも同様に浅野の家臣には好意的にお世話申し上げたとのこと。吉憲は登城して、かの大名達が浅野の家臣を武士の鑑と、もてはやすのを聞いて、立つ瀬もないと愚痴《ぐち》を申しておりまする」

すでに赤穂藩士は処分を受けてこの世にいないというのに、人々は未だにその興奮から冷めやらぬ様子であった。いや、時を経るごとに、ますます彼等の評判は高まる一方だった。富子にはそれが切ない、やり切れない。

もはや事件は落着したのである。いい加減にしないか、という思いだった。

「そなた、それを気に病んで身体の具合を悪くしたのですか?」

富子が訊くと、綱憲はそれには応えず「母上、ちと眠気が差しました。わたしは少し眠ることに致します」と言って眼を閉じた。存外に長いまつ毛が細かく震え、目尻からひと筋の涙がつっと流れた。富子はその涙をこの上もなく哀れに感じた。陽射しは容赦なく降り注いでいた。

翌年、年号は宝永《ほうえい》と改められた。思えば元禄の時代が終わるとともに吉良家も自分の人生も終わったように富子は感じていた。

江戸の人口は三十五万三千五百人と膨れ上がり、井原西鶴《いはらさいかく》の好色もの、近松門左衛門《ちかまつもんざえもん》の心中ものが一世を風靡《ふうび》していた。その一方で、綱吉の制定した生類憐みの令に人々は困惑している。中野にお犬小屋が完成したのは元禄八年（一六九五）のことだった。

綱吉は人の命よりも動物の命を重く見たがる男であった。人には様々の価値観の違いがある。富子はそれを改めて感じない訳にはいかなかった。

そういう士気の殺《そ》がれた時代だったから、尚更赤穂藩士の討ち入りは市井《しせい》の人々にも、武士にも喝采で迎えられたのだろう。

室鳩巣《むろきゅうそう》は元禄時代の終わりに『赤穂義人録』を成立させた。人々の赤穂熱は再び高まった。

赤穂藩士に材を取った狂歌や川柳が盛んに詠まれたので、幕府はそれを禁じる触《ふ》れを出したほどである。

一人の大名の逆上が殿中の事件を引き起こし、その行い不届きと将軍綱吉もまた逆上して即刻、処断に走った。さらに処断された大名の家臣は、それが不服と公儀も恐れず逆上して敵討ちに向かった。

何も彼も、すべて逆上のなせるわざである。

ならばここで上杉家が、その逆上を引きずって残された赤穂藩の家臣に追っ手を差し向けたところでおかしくはあるまい。富子が綱憲の立場であったなら、そうしたかも知れない。上杉十五万石が何んだとばかり。

しかし、富子は母の立場で綱憲を止め、公儀の沙汰を殊勝に受け留めた。上杉家は、公儀の沙汰に異を唱えることはなかった。

綱憲の逆上の種は陽の目を見ることもなく自身の中で溜り、腐ったのだ。それが倒れた要因であろう。

当主となった吉憲はいつまでも赤穂事件に拘《こだわ》ってはいられなかった。困窮する藩の財政を立て直すことが当面の目標であったからだ。

富子の目に吉憲は頼もしく映っていた。

左兵衛は信州の寒さと環境の変化に体調を崩し、風邪と眼病を患《わずら》っているという。

富子は左兵衛のことを考えるだけで胸が痛んだ。

六

綱憲は寝たり起きたり、半病人のような暮しを続けていたが、夏風邪を引いたことが原因で、また床《とこ》に就く日々となった。

綱憲はとうとう己れを立ち直らせることができなかったのだ。口調も覚つかなくなり、その姿は八十の老人にも思えた。公務に忙しい吉憲は滅多に見舞いに訪れなくなった。

白金の下屋敷は周りが武家屋敷で囲まれているが、少し足を延ばせば、眼に眩しい緑の田圃の風景が拡がる鄙《ひな》びた場所である。

富子は月に一度、牛込の万昌院に詣《もう》でる他、近くの目黒不動尊にも綾路を伴って参《さん》詣《けい》に出た。途中、細川越中守の下屋敷があった。

細川も毛利も松平も水野も、皆々嫌いと富子は思っている。赤穂に加担する者すべてが厭わしい。せめて自分だけでも意地を通さなければ死んだ者が浮かばれない。富子は強く思っていた。

泰平《たいへい》の世の中が必ずしもよいとは、富子は思わなくなった。もともと武士とは争いを好む性質なのだ。腰の大小はそれを如実《にょじつ》に物語っている。刀があるから抜きたがるのだ。

国を挙げての争いが鳴りを鎮《ひそ》めると、陰湿な苛《いじ》め、嫌がらせが確執《かくしつ》を作るようになった。

ささいな喧嘩が原因で死を賭《か》けた果たし合いに持ち込まれるのは、富子もよく聞くことである。

嫌がらせ――その言葉をふと富子は脳裏に浮かべてみた。初夏の目黒不動尊に散歩がてら参詣して、帰りの道で細川の下屋敷を目にした時のことだった。

不意に足の止まった富子に綾路は訝しい表情をした。

「いかがなされましたか」

「綾路、吉良の殿様は浅野殿に嫌がらせをしたものだろうかの」

「………」

やぶからぼうに何を言うのだろうと綾路はつかの間、黙り込んだ。

「わが殿は浅野殿に嫌がらせをしたゆえに、浅野殿は遺恨を覚えたのであろう。そうではあるまいか」

緑の稲《いね》の穂がそよそよと風に靡いている。野分《のわき》が来なければ、今年は豊作となるだろう。

「恐れながら、吉良のお殿様はお仕来たりの師匠でございます。浅野様が不満を覚えたところで師匠の言葉に従うのが筋でございます」

「そなた、うまいことを申す。いかにもわが殿はお仕来たりの師匠であらせられる。浅野殿は弟子であろうの。そう考えても差し支えなかろうの？」

「さようでございまする」

「わが殿は、それでは間違ったことはしておらぬの？」

綾路はそう訊いた富子の問い掛けに応えず、唇を噛み締めた。

「わたくしは松のお廊下の一件、立場上、意見を申し述べることはご勘弁願いまする」

「なぜじゃ？　そなたにはこの富子、心を開いておる。遠慮は無用じゃ。申してみよ」

綾路は白っぽい道に視線を落とした。いかにも言い難そうであった。

「あのことは吉良のお殿様と浅野様しかわからぬことだと思いまする。最初からお二人には反《そ》りが合わないものを感じまする。合わない同士、意見が食い違ったまま、お勅使をお迎えする日を迎えられたのでございましょう。浅野様の心は不安でいっぱい、何かをする度に吉良のお殿様には小言を言われる。ついに堪忍袋《かんにんぶくろ》の緒《お》を切らされたのでございましょう」

「綾路、わが殿はどうしたらよかったのであろうの？」

「よっく……よっく浅野様とお話し合いなさるべきだったと思いまする。できれば浅野様は御馳走役を承った時、吉良のお殿様のお屋敷にお出かけになり、御酒を一緒に召し上がるくらいだったらよろしかったのでしょうが」

「浅野殿はそのようなことをなさるお方ではない」

にべもなく吐き捨てた富子に綾路は「大殿様がお待ちです。少しお急ぎになりませんと」と、富子の言葉を遮《さえぎ》っていた。

内匠頭には内匠頭の理屈があり、上野介には上野介の理屈があった。どちらも相容れぬものがあったのだ。綾路の言葉に富子は納得するものもあったが、支払った代償の大きさを考えると、やはり浅野は憎かった。この先、どれほど年月を経ようが、上杉家は浅野を憎み続けることになるのだろうと内心で思った。

夏の盛りを過ぎると綱憲は夏風邪を引き返し、危篤《きとく》状態に陥った。上杉家の奥医師が必死で介抱したが、綱憲は宝永元年（一七〇四）六月二日に息を引き取った。享年、四十二だった。

まさか、綱憲が自分より先に死ぬとは思ってもいなかった。富子は今度こそ失意のどん底につき落とされた。

三人の娘はすでに片づいて富子の傍にはいなかった。長女鶴子は島津《しまづ》綱貴《つなたか》に、次女阿久利は津軽政兕《つがるまさたけ》に、三女菊子は酒井忠平《ただひら》の許にいた。三人ともお家の体面を考えているのか、滅多に訪れては来ない。富子は綱憲の庇護《ひご》の下にいたので、もはや頼るべき人もなかった。

誰もいない。富子は突然にそれを感じて恐れおののいた。綱憲の死後、富子は床に就いた。心《しん》ノ臓《ぞう》が時々、締めつけられるように痛んだ。

綾路は熱心に介抱してくれて日中は心安らかに過ごせるが、真夜中にふと目を覚ますと寂寥《せきりょう》が富子を襲った。

このまま自分も息絶えるのか。富子は闇を見つめて思った。

綱憲の四十九日が過ぎた夜、富子はまた夢を見た。

眩しい陽射しが降り注いでいる。そこは吉良の領地である三河であった。富好新田。富子は地面に矩形《くけい》の枠が嵌《は》め込まれている様を見て気がついた。白砂と見えていたものは塩であった。

その塩田の様子を二人の立派な装いの男がじっと佇《たたず》んで見ていた。ああ、その二人こそ、愛しい上野介と綱憲である。

「上野殿、綱憲……」

富子は声を励まして二人を呼んだ。烏帽子、大紋の礼装である。このような場所で何故、そのような仰々《ぎょうぎょう》しい恰好《かっこう》をしなければならぬのか。訝る気持ちが富子にあった。

二人はおいでおいでと富子を手招きした。

富子は勇んでそこまで行きたかったのだが、どうした訳か足が鉛のように重い。

「上野殿、綱憲……」

声が届かない。その内二人は前を向いたまま後退《あとじさ》りして遠くに行ってしまった。

「奥方様、奥方様……」

綾路の声に眼を開けば、自分を見つめている綾路と奥医師、吉憲の三つの顔があった。

「お気を確かに」

綾路が泣き出さんばかりの声で言った。奥医師は富子の脈を取ってから、一礼して座敷を出て行った。どうやら富子は人事不省《ふせい》に陥っていたらしい。身体はたとえようもなくだるかったが「わたくしはわが殿と綱憲の夢を見ておりました」と富子は言った。吉憲は綾路と顔を見合わせると「お大事に」とひと言を洩らして、やはり座敷を出て行った。いったい何刻《なんどき》だろう。灯りがともっているが定かに時間はわからなかった。

富子はまた、眼を閉じた。夢の続きが見たかった。今度こそ、上野介と綱憲の傍に足を踏み締めて行くつもりだった。

吉良富子は八月八日、上杉綱憲の後を追うように死んだ。享年、六十七だった。綾路が今際《いまわ》に聞いた富子の言葉は「上野殿がすきすきと申されて……」というものだった。いささか艶っぽいその言葉に綾路は赤面して、吉憲だけにそっと洩らしたが、他の者には明かさなかった。

綾路は富子の葬儀を終えた翌年、上杉家から暇を貰い、実家に戻った。そして父親の友人の息子の所に嫁いだ。

左兵衛義周は信州の諏訪家の屋敷で綱憲と富子の訃報《ふほう》を聞いた。実の父と、養母であり祖母でもあった富子を喪《うしな》い、がっくりと気落ちした左兵衛もまた、宝永三年（一七〇六）一月二十日に二十一歳の短い生涯を終えたのである。

赤穂事件はその後も戯作《げさく》や芝居になって人々の口に上《のぼ》る機会は多かった。何故、それがそれほどまでに人々の心を惹きつけるのか、嫁いで人妻になった綾路にはわからなかった。

富子の命日には欠かさず線香と季節の花をたむける綾路であったが、市井の話題にされる赤穂藩士の討ち入りが、すべて藩士に味方した口吻《こうふん》になっているのを悲しく思っていた。

あの事件で誰も得《とく》をした者などいないのだ。

富子も綱憲も左兵衛もある意味では被害者かも知れない。あるいは上野介も。

綾路は富子の墓前であの言葉を思い出す。

富子、すきすき……

上野介は果たして、そのような歯の浮くような言葉を洩らしたものだろうか。

しかし、寺からの帰り、綾路の頭にはその言葉がいつもくるくると舞った。

富子、すきすき……上野殿、すきすき……

綾路には、その甘い言葉が今、天空の奈辺《なへん》で交《か》わされているような気がしてならないのだった。

おいらの姉さん

吉原《よしわら》には違う風が吹いている――そう言ったのは誰であったか沢吉《さわきち》は思い出せない。ただ、それを聞いた時、花魁《おいらん》の裲襠《しかけ》に焚《た》きしめた伽羅《きゃら》の香りと、お歯黒《はぐろ》どぶの饐《す》えた臭いを同時に嗅《か》いだような気がした。生まれも育ちも吉原の沢吉にとって、他の町こそ違う風が吹いているように思えるが、それを口にしたことはない。言えば笑われるに決まっている。

小田原出身で柳町《やなぎちょう》の遊女屋をしていた庄司甚内《しょうじじんない》（甚右衛門《じんえもん》）が同業者と相談の上、幕府に傾城町《けいせいまち》の取り立てを願い出たのが慶長《けいちょう》十七年（一六一二）頃とか。沢吉が生まれる二百年も前の話だ。当時の江戸の遊女屋は麴町《こうじまち》と神田《かんだ》鎌倉《かまくら》河岸《が》辺《しへん》に十数軒、柳町に二十軒余り、その他、各町にぽつぽつと分散していただけだという。

京、大坂など、繁栄の地には決まって傾城町があるのに、この江戸にそれがないのは風紀上もよろしくないというのが甚内等、遊女屋の主《あるじ》達の言い分だった。なに、彼等にすれば、傾城町を一つに纏《まと》めたら今まで以上の実入りが期待できると踏んだからだろう。

それから五年後の元和《げんな》三年(一六一七)、甚内は幕府の評定所《ひょうじょうしょ》に呼び出され、葺屋《ふきや》町《ちょう》の東隣りに二丁四方の土地を下付《かふ》され、傾城町の免許を得る。当時の葺屋町は葭《よし》や茅《かや》の生い繁る場所だったので葭原《よしわら》と名づけられ、後に縁起を祝って吉原になった。一説には甚内が東海道吉原宿の出身であることから、その名になったともいう。

時が移って明暦《めいれき》二年(一六五六)、幕府は江戸の町の発展に伴い、吉原が市街地の中心部となったため移転を命じる。代地《かえち》は浅草寺《せんそうじ》の北にある日本堤《にほんづつみ》辺。今までの二丁四方よりはるかに広い東西百八十間《けん》、南北百三十五間の方形の土地で総坪数二万七百六十七坪もあった。莫大《ばくだい》な移転料が与えられ、浅草田圃《あさくさたんぼ》の中に突如傾城町ができ上がった。こうしてできたのが新吉原である。

その経緯《いきさつ》も、もちろん、今年二十三の沢吉の知るところではなかった。

かつての吉原は元吉原と呼ばれている。吉原五丁の江戸町《えどちょう》一丁目、二丁目、京町《きょうまち》一丁目、二丁目、角町《すみちょう》は元吉原の頃からの町だった。

新吉原になってからできた町は揚屋町《あげやまち》、堺町《さかいちょう》、伏見町《ふしみちょう》である。

沢吉の奉公している見世《みせ》は引き手茶屋の「根本屋《ねもとや》」だった。根本屋は揚屋町の、ちょうど肴《さかな》市場が立つ辺りにある。妓楼《ぎろう》に揚《あ》がるには、引き手茶屋を通す仕来たりだった。特に大見世、惣籬《そうまがき》と呼ばれる一流の遊女屋は引き手茶屋の手引きなしに登楼《とうろう》は叶《かな》わない。

なじみの客が引き手茶屋に来て目当ての遊女を名指しすると、茶屋の若い者は、さっそく遊女屋に出向き、都合《つごう》を訊《き》く。都合がよければ遊女が茶屋へ迎えに出る。それまで客は酒を飲みながら待つのである。

やがて遊女は禿《かむろ》、振袖新造《ふりそでしんぞう》、番頭新造《ばんとうしんぞう》を伴ってやって来る。しばしの酒宴の後に、ようやく客は妓楼に赴《おもむ》くのである。揚げ代はすべて茶屋に払い、茶屋から妓楼に届けられるという仕組みになっていた。

まだ暮れ切っていない秋の夕暮れ刻《どき》、根本屋を訪れたのは小原作左衛門《おばらさくざえもん》という武士だった。年の頃、四十二、三で、三千石の旗本の用人《ようにん》を務めているという。主の伴《とも》で吉原を訪れ、すっかりその魅力にとり憑《つ》かれてしまったらしい。根本屋へ来るのは、それが三度目であった。

初会の次に裏を返し、晴れてなじみとなるその夜、作左衛門の表情は心なしか上気しているように見えた。

「これはこれは小原様、ようお越し下さいました。これ、沢吉。田丸屋《たまるや》に行って、九重《ここのえ》花魁の都合を伺《うかが》っておくれ」

お内儀《かみ》のおくめは作左衛門を中へ招じ入れると、すばやく沢吉に命じた。

「へい」

応《こた》えた沢吉は奥歯を嚙《か》み締めた。九重の名が出ると沢吉は我知らず緊張する。九重は禿のたよりであった頃から沢吉が知っている花魁だった。九重は笑顔を見せない花魁として評判が高い。愛想がないと敬遠する客もいたが、作左衛門のように、それを喜ぶ客もいた。

おくめが根本屋の主の庄六《しょうろく》と内所《ないしょ》（経営者の居室）でひそひそと作左衛門の噂をしていたのを沢吉は聞いている。別に盗み聞きするつもりはなかった。自然に耳に入ってきたのだ。

あれは作左衛門が九重に裏を返した時だった。二人は作左衛門の恰好《かっこう》から、花魁のなじみ客として続くのかどうかを思案していた。

「ご用人様との触れ込みだが、大名屋敷の留守居役と違って、そうそう揚げ代の工面ができるとは思えませんよ。まさか、お屋敷のお金に手を付けてはいないでしょうねえ。後でお屋敷からお叱《しか》りを蒙《こうむ》るのはごめんですよ」

おくめは眉間《みけん》に皺《しわ》を寄せて言った。

「そうは言っても、掛かりは滞《とどこお》りなくお支払い下さる。よほどのことがない限り、お断りするのは失礼だよ」

　庄六はおくめを宥《なだ》めた。庄六は四十三歳で、引き手茶屋の主として油が乗っている。昨年、盛大に厄払《やくばら》いを行なった。おくめは庄六より七つ年下の三十六歳だった。こちらも気配りのあるお内儀として評判が高い。

「あの九重も理屈をつけて断りゃいいのに、律儀《りちぎ》に迎えにくること」

　おくめは決して客に見せない皮肉な表情で応えた。

「そりゃあ、九重にとって小原様は上客だろう。あの人は決して無体《むたい》な振る舞いをしないからね。九重が傍《そば》にいるだけで満足そうにしていらっしゃる。生まれて初めて心魅《ひ》かれたおなごに出会ったのだろう。気持ちはよくわかるよ」

「馬鹿らしい。お子様も大きいのがいるでしょうに」

「そんなことを言っては、引き手茶屋のお内儀は勤まらないよ」

「おや、そうでした。あたしとしたことが」

　おくめはそう言って、くすりと笑っていた。

＊

半籬《はんまがき》田丸屋は、そろそろ張り見世の準備を始めていた。半籬は張り見世の格子が四分の三ぐらいの中堅どころの遊女屋のことである。

沢吉は田丸屋の妓夫《ぎゆう》（客引き）の虎蔵《とらぞう》に九重の都合を訊いた。

「沢どん、花魁は二階にいるから、お前《め》ェが直接訊いたらいい。沢どんと花魁の仲だ。遠慮することはねェ」

虎蔵は皮肉な笑みを湛《たた》えて言う。沢吉がひそかに九重に思いを寄せていることを、虎蔵は、とっくに知っていた。それが沢吉には辛い。九重に会うと顔が赤くなり、言葉も覚つかなくなる。他の妓《おんな》には、そんなことはなかった。どうして平気な顔でいられないのかと、自分に苛立《いらだ》つ。

とんとんと階段を上がり、九重の部屋の前にくると、沢吉は、ひとつ大きく息を吐いた。

落ち着こうと自分に言い聞かせていた。

「もし、花魁。根本屋の沢吉でござんす」

そう声を掛けると、障子《しょうじ》が開き、禿のしおりが顔を出した。

沢吉の顔を見ると、くすりと笑う。しおりも沢吉の胸の内を知っていた。

「何かご用でおざんすかえ」

小意地悪く訊く。

「麴町の小原様がおいでになりやした。花魁のご都合はいかがさまで」

そう言うと、しおりは後ろを振り返った。

「花魁、どうしいす。また浅黄裏《あさぎうら》がお越しなんしたよ」

浅黄裏は武士を貶《おとし》めて言う言葉である。十二歳のしおりは、あと二、三年もすれば振袖新造だ。禿の中でも古株になるので、いささか、すれっからしの気味がある。

「小原様は大事なお客様ざます。これ、しおり、粗末にしては罰《ばち》が当たりいすよ。沢どん、ちいと顔をお見せなんし」

九重は如才《じょさい》なく声を掛けた。

「いえ、手前が花魁の部屋に入ることは禁じられておりやすので」

「相変わらず律儀な男だ。ま、いいからお入りなんし。茶の一杯も飲みながら今夜の首尾を相談しんしょう。小原様は今夜で三度目、なじみになるのを楽しみにしておいでかえ」

「へ、へい、それはもう」

沢吉は勧められるままに部屋の中へ入ったが、ほとんど障子の傍に張りつくような恰好で座った。

しおりは沢吉の前に茶の入った湯呑《ゆのみ》を置くと「あれ、沢どんは汗をかいておりいす。そねェに花魁と話をするのが苦労ざますか」と、からかう。沢吉は懐《ふところ》から手拭《てぬぐ》いを出して、額に湧《わ》き出た汗を拭った。

「悪い子だねえ、大人をからかって。沢どんは、わっちの幼なじみだ。今でも色々と気を遣っておくんなんす。わっちは心底《しんそこ》、ありがたいと思っておりいすよ」

九重は真顔で沢吉を見る。陶器のようにすべすべした膚《はだ》には、しみも皺もない。二十五歳の九重は、あと二年で年季《ねんき》が明ける。だが、これといった身請《みう》けのあてはなかった。

「畏《おそ》れ入りやす……それで花魁、すぐに小原様をお迎えいただけやすでしょうか」

沢吉は新たに湧き出た汗を拭いながら訊く。

「どうしんしょうねえ。わっちは本日、身体《からだ》の具合が悪いのだよ」

九重は遠回しに応えたが、傍にいたしおりは訳知り顔で「花魁は月の障《さわ》りでありいす」と口を挟《はさ》む。

「これッ！」

九重は慌ててしおりを制した。しおりは怯《ひる》まず「花魁、詰《つ》め紙《がみ》をしなんし」と言った。

月の障りは女にとって避けられないことだが、遊女の身では、それを理由に客を振ることはできない。丸めた桜紙を詰めて急場を凌《しの》ぐことになる。

「無理はなされねェで下せェやし。振新（振袖新造）を名代《みょうだい》に立てたらよござんす。なあに、あのお人はわかって下せェやすって」

沢吉は九重を安心させるように言った。花魁の都合が悪い時、妹分の振袖新造が名代として客の相手をするが、その時、客は振袖新造に手を出せないことになっている。それでいて、揚げ代は当たり前に取られるので、客にすれば不本意な話だった。

「小原様がお怒りなんしては、どうしんしょうねえ」

九重は眉間に皺を寄せて困り顔をした。その何気ない表情にも沢吉の心は揺れる。

「大丈夫ですって。いよいよの時は癪《しゃく》が起きたことになせェやし」

沢吉は知恵をつける。

「沢どん、それで小原様は、ほんに了簡《りょうけん》しいすかえ」

「へい、多分」

「もしもお怒りなんしたら、沢どん、きっと助け舟を出しておくんなんし」

「へい」

「拝《おが》みんすえ」

九重は両手をそっと合わせた。

＊

九重に出迎えられ、小原作左衛門は意気揚々と田丸屋へ揚がった。しばらくは田丸屋の二階で三味線や太鼓の音が賑《にぎ》やかに続いた。

引け四つ（午前零時頃）の拍子木《ひょうしぎ》が鳴ると、各見世の大戸を閉じる音が雷鳴のように響く。

その後は夜回りの拍子木の音と、外で逢引きをする男女のひそひそ声、按摩《あんま》の笛、夜鷹蕎麦《よたかそば》の風鈴《ふうりん》の音が聞こえるだけで、仲《なか》ノ町《ちょう》は人影も途絶える。

沢吉は根本屋の台所から、そっと田丸屋を見つめていた。九重の部屋はとうに灯りが消えている。遣り手《やりて》に「お繁《しげ》りなんし」と声を掛けられ、作左衛門は床に収まっているはずだ。首尾よく振袖新造を名代に立てることができたかと案じられる。それとも、しおりが言ったように詰め紙をして床入りしたのだろうか。そうだとすれば、古女房と何も彼《か》も違う九重の身体に、作左衛門は夢見心地の態《てい》だろう。月の障りであることを微塵《みじん》も感じさせない手管《てくだ》を、九重は身につけている。

芋に目鼻のついたようなご面相で、金に飽《あ》かして九重を抱く作左衛門に、沢吉は嫉《しっ》妬《と》を募《つの》らせた。それは引き手茶屋の手代として、決して持ってはならない感情だった。よくわかっている。

わかっていながら沢吉は自分の気持ちをどうしようもなかった。

「おや、まだ起きていたのかえ。小原様は寅《とら》の刻《こく》(午前四時頃)にお迎えに上がればいいのだよ。少し寝ておかなきゃ身体がもたないよ。それとも九重が心配で夜明かしするおつもりかえ」

おくめは哀れむような目つきで訊いた。沢吉は曖昧《あいまい》に笑った。

「どうしてそんなに九重がいいのかねえ。死んだかゝさんに似ているからかえ」

「いえ……」

「お休み」

おくめはそう言って踵《きびす》を返した。

沢吉は母親の顔を知らない。母親も吉原にいた妓《おんな》だが、お歯黒どぶに沿った河岸に並ぶ切見世《きりみせ》(最下級の遊女屋)の遊女だった。ひと切り(約十分)百文の揚げ代で、客の腕を強引に引っ張る羅生門《らしょうもん》河岸と異名を取る東河岸で沢吉は生まれた。父親が誰なのかも知らない。母親は沢吉を生み落とすと、産後の肥立《ひだ》ちが悪くて死んだ。その後は、母親の朋輩《ほうばい》の妓達が沢吉の面倒を見てくれたのだ。そんな妓達の膚のぬくもりを沢吉は今でも覚えている。

根本屋の先代の主が、ふとした時に沢吉に眼を留め、自分の所に引き取ったのだ。子供の頃、沢吉は愛らしい表情をしていたという。

先代は沢吉を男禿にでもするつもりだったのだろう。実際、七つ、八つの頃は、田丸屋で玉汐《たましお》という花魁つきの男禿をしていた。だが、成長するにつれ、顔が妙な具合に伸びて馬面《うまづら》になった。おまけに少しすがめ（斜視）でもあったので、沢吉はほどなく根本屋に戻された。男禿は長じて男芸者になるのだが、沢吉の器量では無理と判断されたのだろう。

それからずっと茶屋の手代として仕事をしている。

九重とは、田丸屋にいた時に知り合った。

その頃、九重は岩越《いわこし》という花魁についていた。岩越は気性のきつい女で、気に入らないことがあると厳しく九重を叱った。泣いている九重をいつも慰《なぐさ》めたのが沢吉である。だから九重とは、花魁と引き手茶屋の手代以上の心の繋《つな》がりがあったのだ。

九重が沢吉の母親と似ていると言ったのは根本屋の先代である。沢吉はますます九重と自分との因縁《いんねん》を感じた。いつまでも、いついつまでも九重を見守っていたかった。

どうせ眠られないと思った沢吉は根本屋の裏を抜けて西河岸に出た。西河岸にも切見世が並んでいる。東の羅生門河岸より妓の質《たち》は悪くない。いや、沢吉は母親とその朋輩の妓達がいた羅生門河岸には、どうしても足が向けられなかった。

「桔梗屋《ききょうや》」は沢吉が時々通う切見世だった。

おみさはいつもお茶を挽《ひ》いている大年増の妓だ。正確な年は知らないが、四十近いのではないだろうか。沢吉が訪れた時も、つくねんと見世の前に出していた床几《しょうぎ》に座っていた。

沢吉を見ると、ひょいと眉を持ち上げた。

「沢どんが来てくれてよかったよう。三日も客がつかなかったから、見世の旦那におまんま抜きだと脅《おど》されていたところだった」

ひと切りでは心許《こころもと》ないので、ふた切り二百文を払った。それで客から貰った祝儀《しゅうぎ》がすべてなくなるが、沢吉は構わなかった。

沢吉はものも言わず、杉戸《すぎど》の中の狭い部屋に入るとおみさを押し倒した。かさかさの膚、たるんだ下腹、饐《す》えた髪の臭い。それでも沢吉に広々と膝を開いた奥にある隠しどころは熱く潤《うる》んでいた。

慌《あわ》ただしく気をやると、沢吉は薄い蒲団に腹這《はらば》いになり、おみさの点《つ》けてくれた煙管《きせる》から白い煙を吐いた。

「今夜、花魁に客がついたのかえ」

おみさは訳知り顔で訊く。沢吉は返事をしなかった。

「お前ェは花魁に客がつくと、決まってわっちがところに来るわな。お前ェの気持ちを考えると、いっそ気の毒だわな。高嶺《たかね》の花と知っていながら思い切れないのだねえ」

「うっちゃっといてくんな。四《し》の五《ご》の言うと、もう来ねェぞ」

沢吉は癇《かん》を立てる。

「おや、とんだやぶへびだ」

おみさは首を竦《すく》めた。沢吉は灰吹きに煙管の雁首《がんくび》を打つと腰を上げた。

「お前ェのおっ母さんも、わっち等と同じ商売をしていたとか」

「ああ、そうさ。それがどうした」

沢吉はおみさを見下ろして睨《にら》む。

「何も。おっ母さんは東河岸にいたのだろう？　お前ェがこっちにばかり来るのはおっ母さんに対する義理立てかえ」

「そんなんじゃねェ。西河岸が近間《ちかま》だけのことだ」

「そうかえ。お蔭でわっちは助かるよ。またおいでな。待っているから」

「さあな」

気のない返事をして沢吉は外へ出た。

「へい、お繁りでござんす」

桔梗屋の妓夫が世辞を言う。その台詞《せりふ》は沢吉が夜明けに作左衛門に掛ける言葉でもあった。沢吉は皮肉な気持ちで根本屋へ踵を返した。

＊

七つ刻（午前四時頃）に田丸屋へ作左衛門を迎えに行くと、驚いたことに作左衛門は居続けするという。

九重は昨夜、振袖新造を名代に立てたらしい。それに不満を覚えた作左衛門は首尾を遂《と》げるまで家には戻らない決心をしていた。

しかし、作左衛門の手持ちは心許なくなっていた。根本屋のおくめは別の手代を麹町の作左衛門の家にやって、揚げ代を届けるように言付《ことづ》けさせた。

その日の午後、作左衛門の妻と若党らしい二人の武士が作左衛門を迎えに来て、作左衛門は無理やり屋敷に連れ戻された。

温厚に見えた作左衛門が妻の諫《いさ》める言葉に眼を血走らせて反抗していたのは、ぶざまだった。

作左衛門は家の金だけでは足りず、書画《しょが》骨董《こっとう》の類《たぐい》を古道具屋に売り払って揚げ代の工面をしていたのだった。

「やっぱりねえ」

おくめは騒ぎが収まると、ため息交じりに言った。傍で庄六が面目ないという顔をしていた。沢吉は二人に呼ばれ、作左衛門の様子について、あれこれ訊《たず》ねられていた。

「無事に床入りを済ませたら、小原様もおとなしくお帰りになったんだ。都合が悪いのなら断ればよかったのに。振新の名代じゃ、真面目な小原様は満足できやしない」

おくめは愚痴《ぐち》を言う。

「しかし九重だって、客を呼ばなきゃ田丸屋の主が文句を言うはずだ。背に腹は替えられなかったのさ」

庄六は九重の肩を持つ。それは沢吉が傍にいたせいもあっただろう。

「沢吉、朝に迎えに行った時、小原様はどんなご様子だったえ」

おくめは沢吉に顔を向ける。

「別にいつもと変わったところはありやせんでした。田丸屋の内湯《うちゆ》でひとっ風呂浴びて、さっぱりした顔をしておりやした」

沢吉は低い声で応えた。だが、作左衛門は沢吉にそっと嫌味《いやみ》を言ったのだ。

「これが吉原の流儀か、え？　律儀に裏を返して、ようやくなじみになるまで漕《こ》ぎつけたというのに。これでは狐《きつね》に化《ば》かされたようなものだ」と。

沢吉は必死で宥めた。ついには九重が月の障りの最中であることも白状しなければならなかった。だが、作左衛門は、それを聞いて、ようやく納得したのだ。その経緯を沢吉は二人に話さなかった。九重を庇《かば》う気持ちがそうさせた。

「そうかえ……小原様は奥様の顔を見て頭に血が昇ったのだねえ。どうせなら、あの侍《さむらい》達に任せておけばよかったのに。女房がしゃしゃり出て来たんじゃ、亭主は白けるというもの。どだい、吉原で遊ぶ器量のないお人だ。これだから浅黄裏は嫌いさ」

おくめは心《しん》からいやだという表情をした。

「とり敢《あ》えず、田丸屋もうちも被害を蒙った訳じゃない。不幸中の幸いだったよ。小原様もお家の内証《ないしょ》が心許ないとすれば、その内に諦めるだろう。あの人にとっちゃ、吉原通いは麻疹《はしか》のようなものだったのだろう」

庄六はそう言って、その話を収めた。

しばらく作左衛門の痴態《ちたい》は仲ノ町の噂になっていたが、それもようやく鳴りを鎮《しず》め、秋は日増しに深まり、吉原は九月九日の菊の節句を迎えた。この日から遊女達は冬衣裳となる。

紋日《もんび》の約束をしていた客を迎えに、九重は根本屋に禿、振袖新造、番頭新造を伴ってやって来た。

あいにく目当ての客はまだ姿を見せていなかったので、九重は根本屋の前に出していた床几に座り、煙管を吸いつけながら待った。沢吉は莨盆《たばこぼん》を九重の横に持って行った。

「沢どん、いつぞやはお世話になりいした」

九重は低い声で礼を言う。普段は傍の振袖新造を介して話をするのだが、相手が沢吉と見て、九重は声を掛けたのだ。冬衣裳が沢吉の眼には少し重苦しく映った。横兵庫《よこひょうご》に結った髪に飴色の鼈甲《べっこう》の簪《かんざし》、笄《こうがい》が幾つも挿《さ》し込まれている。傍に立つと、えも言われぬ香りがした。

「お礼を言われる覚えはござんせん。花魁がご無事で安心致しやした」

沢吉は九重の視線を避けて応える。出《で》の衣裳に調《ととの》えた九重は美し過ぎて、まともに眼を合わせることができなかった。

「小原様がなじみとなりいしたら、しおりが振新の披露目《ひろめ》をしいす時ァ、衣裳の工面をお願いしんしょうと心積もりをしていんしたに。衣裳の工面どころか、見世に揚がる工面も、あのお人には相当に難しいことでありんしたようで……それに、奥様が来《き》んした時の小原様は人が変わったように怖いお顔で、わっちは心《しん》ノ臓《ぞう》がどきどきしいした」

九重はその時のことを思い出して、そっと三日月のような眉をひそめた。

沢吉は九重の細い指をじっと見つめながら話を聞いていた。煙管を遣う九重の指は、少し強い力を加えたら、たちまち折れてしまいそうなほどはかなげだった。

「小原様がなじみとなる見込みがねェのでしたら、いっそこれでよかったのかも知れやせん。無理が続けば、小原様の身上《しんしょう》が潰《つぶ》れる恐れもありやしたから」

沢吉は九重を慰めるように言った。

「ほんにそうだねえ」

九重はつかの間、白い歯を見せた。滅多に笑顔を見せない九重が沢吉にだけ心を許して笑ってくれたと思うと、舞い上がりたいほど沢吉は嬉しかった。

九重は銚子《ちょうし》の漁師の娘として生まれた。父親と兄を乗せた船が沖で引っ繰り返り、稼ぎ手を一度に失った九重の家は、たちまち食べるものに事欠く羽目《はめ》となった。両親、祖父母、きょうだい七人の大家族だった。十二歳の次兄は隠居していた祖父と、急遽《きゅうきょ》、漁に出るようになったが、水揚げは以前の半分以下だった。やはり、働き盛りの父親と兄がいたからこそ家族は食べることができたのだ。このままでは一家が干乾《ひぼ》しになる。そう考えた祖父は苦渋の選択をする。鍾愛《しょうあい》の孫娘を女衒《ぜげん》に売ることだった。

目鼻立ちの整った九重は村の人々に今小町《いまこまち》と呼ばれるほど評判の美少女だった。村々を廻る女衒は九重の器量に早くから目をつけていたらしい。

こうして九重は十八両で売られた。昔話を語る時、九重の眼に、いつも膨《ふく》れ上がるような涙が浮かんだ。だが、実家を恨む言葉は一度として出なかった。沢吉と同い年の弟が、これで腹いっぱいめしが喰えると思えば我慢できるのだと言った。九重は実の弟の代わりに沢吉に情けを掛けたのかも知れない。

九重は銚子育ちだから魚の食べ方がうまかった。ほとんど骨しか残さない。九重は沢吉のために器用に魚の身をほぐしてくれたものである。近頃、九重は魚を食べているのだろうか。煙管から白い煙を吐き出す九重を上目遣いに眺めながら沢吉は思う。

九重の客は、なかなか姿を現さなかった。

各々の遊女屋は、そろそろ張り見世の時刻だった。もはや田丸屋に引き返そうかと番頭新造の七里《ななさと》が九重に耳打ちした時、大門辺りから悲鳴のような声が聞こえた。

何んだろう。九重もつかの間、怪訝《けげん》な眼になった。だが、眼のいい七里は「花魁、すぐにいなんし」と甲走《かんばし》った声を上げた。

沢吉の顔にも緊張が走った。待合《まちあい》の辻《つじ》から千鳥足でこちらへやって来るのは小原作左衛門だった。相当に酔っているようだ。そればかりか、作左衛門の右手には鞘《さや》を払った刀が握られていた。人々の悲鳴に沢吉は合点がいった。面番所《めんばんしょ》で待機している同心達は、まだこの事態に気づいていないらしい。

「花魁、ひとまず中に入っておくんなせェ」

沢吉は九重に早口で言った。

「あのお人は、どうしいすおつもりかえ」

九重は作左衛門の行動が理解できない様子だった。

「花魁に対する意趣返しをするつもりかも知れやせん」

沢吉は九重の背中をそっと押した。九重はそれを邪険に振り払った。

「どういうことか、話だけでも聞きんしょう」

「いや、花魁。そんな悠長なことをおっしゃっている暇はありやせん。怪我をなすったら大変ですぜ」

「あのお人は金山《かなやま》を名代に立てんしたことにお腹立ちのようだ」

金山は振袖新造の源氏名だった。十七歳の若い妓である。

「違いやす。お屋敷に使いをやって、奥様がお出迎えになったことで頭に血を昇らせたんですよ」

「気丈な奥様でおざんした」

「さ、花魁、早く！」

沢吉が茶屋の中へ促すより一瞬早く、作左衛門は九重に眼を留めた。眼が血走っている。そのまま、つかつかと近寄ってきた。沢吉は思わず固唾《かたず》を呑んだ。周りにいた者も金縛りに遭《あ》ったように棒立ちとなった。

「これはこれは花魁、ご機嫌麗《うるわ》しゅう」

作左衛門は存外にしっかりした声で言った。

九重は返事をせず、じっと作左衛門を見据えた。根本屋の庄六とおくめも外へ出て来たが、何しろ、作左衛門が抜刀しているので迂闊《うかつ》に声も掛けられない。根本屋の周りには自然に人垣ができた。皆、息を詰めてなりゆきを見守っていた。

九重は落ち着いているように見えた。それは花魁としての矜持《きようじ》だったのだろうか。伴《とも》に尻尾《しっぽ》を丸めて逃げるなど、みっともないことはできないと考えていたのだろうか。伴についいて来た金山と七里は、とっくに根本屋の中に入り、暖簾《のれん》の陰から様子を窺《うかが》っている。禿のしおりだけは九重の胸にしがみついていた。九重はしおりを庇うようにきつく抱き締めた。沢吉も九重の横で身動きしなかった。何かあったら九重を必死で庇う覚悟だった。

「傾城買いほどこの世を映す鏡はござらん。貴様等は客の気性を即座に見抜いて、粋《いき》だの野暮《やぼ》だのと、やかましゅう言い立てる。何を小癪《こしやく》な。貴様等にとって金を遣う客が粋で、遣わぬ客は野暮だろうが。したが、女郎を買う金も、青物屋で大根を買う金も同じ金。なじみの青物屋なら、ちょいと持ち合わせがなければ、この次で結構と鷹揚《おう》《よう》に言うものを、貴様等は何んだ。わが屋敷に使いを出して、不足を届けろと矢の催促。家内の驚くまいことか。とかく女房どもは亭主が吉原へ行くと言えば眉をひそめるもの。それは貴様等もよっく承知しておろう」

作左衛門は、やはり奥方が迎えに来たことで亭主としての面目が潰れ、怒り心頭に発する態だった。その矛先《ほこさき》を九重だけでなく、引き手茶屋や遊女屋、いや、吉原で生計を立てるすべての者に向けていた。貴様等と十把《じっぱ》ひとからげにしたのは、そのせいだろう。

根本屋の手代がそっと通りを抜け、大門へ向かって行くのが見えた。同心達に知らせるつもりだろう。奴等が駆けつけるまで、何んとか作左衛門を宥めていなければならないと沢吉は思った。

「主《ぬし》ァ、わっちに悪態をつきに来んしたざますか」

九重は低いが、はっきりした声で訊いた。

「おお、そうとも。よくも拙者《せっしゃ》の顔に泥を塗ってくれたものよ」

「主の顔に泥を塗った覚えはありいせん。最前、主ァ、女郎を買う金も青物屋で大根を買う金も同じ金とおっせェした。馬鹿らしい。わっちは大根と同じ値《あたい》かえ。刀を収めなんし。危のうおす」

「貴様のような安女郎に四の五の言われる筋合はない」

「それでは、この上、どうしいすとおっせェす。ええ、じれってェ。いっそ癪が起きなんすよ」

沢吉はたまらず二人の間に割って入り「どうぞ、小原様、落ち着いて下せェ」と作左衛門を宥めた。だが、それが却《かえ》って作左衛門の怒りに油を注いでしまったようだ。

「安女郎の分際で生意気な口を叩く。了簡ならねェわ」

作左衛門は持っていた刀を振り上げた。

「お、小原様、後生《ごしょう》です。どうぞ堪忍して下せェ」

沢吉は必死で頭を下げた。作左衛門は威嚇《いかく》するつもりで沢吉の前で刀を振ったのだろうが、切っ先が沢吉の手の甲に触れてしまった。

沢吉の手から血が流れた。悲鳴が上がり、人垣が大きく崩れた。

九重はそれを見て「手前ェが何をしているのかわかっているのかえ。このような騒ぎを起こして無事に済むものかえ。安女郎、安女郎と悪態の数々。そねェに気に入らぬのなら、もはやうっちゃっといて下さっし」と、声を張り上げた。作左衛門は左手で九重の手首を摑《つか》んだ。

「貴様、言わせておけば」

「手を離しなんし。触りんすな、穢《けが》れんす」

怒りに燃える九重は、それまで一度も沢吉が見たこともない表情をしていた。しおりが激しい泣き声を立てた。沢吉はそんなしおりを九重から引き剝《は》がし、手許に寄せた。

作左衛門は九重の手首を離そうとしなかった。ぐらぐらと九重の頭が揺れ、笄が地面に落ちる。九重はたまらず袖で作左衛門の顔を打った。それで作左衛門はようやく手を離したが、つかの間、自分の眼を押さえた。袖の端が眼に触れたようだ。おもむろに手を離した作左衛門はぎらりと九重を睨んだ。

その表情に怯《ひる》んだ九重が僅《わず》かに後ずさりした刹那《せつな》、作左衛門は大上段に刀を構え、九重の胸から腰に掛けて斬り下ろした。九重はその場に、どうっと倒れた。新たな悲鳴が周りから起きた。ばたばたと足音が聞こえ、ようやく同心が駆けつけて来たのは、それから間もなくだった。

作左衛門は呆然《ぼうぜん》とその場に突っ立ったまま、荒い息をして九重を見ていた。

「廓内《くるわうち》で刀を抜くのは禁じられておりまする。どうぞ、お収め下され」

同心は相手が武士と見て、へりくだったもの言いをした。作左衛門は聞こえているのか、いないのかわからないような表情だった。

「ごめん」

二人連れの同心の一人が後ろから、すばやく作左衛門の刀を取り上げた。

「ご足労ですが、どうぞ、番所へお越し下され。ちと事情をお訊ね致しますので」

同心は、あくまでも慇懃《いんぎん》な姿勢を崩さず、作左衛門を連行して行った。

「花魁、しっかりして下せェ」

沢吉は九重を助け起こして叫んだ。地面には九重の身体から流れたのか、沢吉の手の甲から流れたのか、赤黒い血が拡がった。白地に紫の桔梗の柄《がら》の衣裳も血の飛沫《しぶき》を浴びている。前に結んだ帯は真ん中から見事に二つに裂けていた。

「沢どん……やられちまった」

朦朧《もうろう》とした表情で九重は応える。血の気《け》が失せていた。

「堪忍してくれ、おれのために、こんな目に遭わせてしまってよう」

そう言うと九重はうっすらと笑った。いいんだよと言いたかったのかも知れないが、九重はそれ以上、喋ることはできなかった。七里は田丸屋へ走った。その後を金山が追う。

「おいらの姉さんが、おいらの姉さんが」

衝撃で廓言葉《さと》を忘れた禿のしおりが泣きじゃくる。しおりも地方の村から吉原に売られて来た娘だった。

そうだった――沢吉は胸で独りごちる。

花魁とは「おいらの姉さん」が縮まった言葉であった。家族から引き離されて吉原で暮らす禿は、傍についている妓を実の姉のように慕ったのだ。その気持ちは沢吉も同じだった。九重を実の姉とも、母親とも思っていたのだ。

戸板が運ばれて来る間、沢吉はそうして九重を抱き締めていたのだった。

＊

小原作左衛門は役職を解かれ、自宅で謹慎をしているという。作左衛門の主より九重への見舞い金が届けられたが、九重は医者の手当ての甲斐もなく、それから三日後に亡くなった。吉原では九重の死を悼《いた》んで盛大な供養が行なわれた。

沢吉はしばらく腑《ふ》抜《ぬ》けのように暮らしていた。根本屋の主もお内儀も、そんな沢吉をそっとしておいてくれた。九重のいない吉原は何か忘れ物をしたように心許ない。沢吉は涙を流すことさえ忘れてしまっていた。暇ができると、脳裏に浮かぶのは、あの日の九重の顔ばかり。花魁道中をする九重は見慣れていたはずなのに、あの日に限って、やけに眩《まぶ》しく感じられた。沢吉の心のどこかで、九重の命がはかなくなるのを予感していたのだろうか。そうだとすれば、庇い切れなかった悔いが残る。沢吉はうじうじと自分を責めた。

一生一度、心から惚れた女だった。自分の気持ちが、あんな形で終わるとは夢にも思っていなかった。九重を胸に抱えた時、自分の胸の動悸《どうき》はこれ以上ないほど高く聞こえた。

あの音を九重も聞いただろうか。陰惨な光景だったはずなのに、沢吉には何も彼もが美しく思えた。血溜まりさえも。あの時だけ、九重は自分のものだった。腕の中にいた九重は自分の女だった。気をやる瞬間の目くるめく思いさえも感じていたのではなかったのか。

九重が死んでも、吉原は表向き、何んの変わりもなかった。灯《ひ》ともし頃には一夜の夢を求めて男達が集ってくる。

仲ノ町の雪洞《ぼんぼり》も、引き手茶屋の軒先を彩るほおずき提灯《ちょうちん》の光も相変わらず通りを照らす。

お歯黒どぶの外の田圃は刈り入れを終え、白茶けた地面を見せている。畦道《あぜみち》を歩く農夫がお歯黒どぶで手足を洗う姿を沢吉は何んの感情もない眼で眺めた。

＊

九重を最後まで庇った沢吉の評判は高まり、引き手茶屋の入《い》り婿《むこ》の話が持ち上がったのは、明くる年の春だった。

根本屋の主とお内儀は大した出世だからと沢吉に縁談を勧め、沢吉もそれを受けた。おかしなもので九重が亡くなると、憑きものが落ちたように沢吉の人柄は変わった。

「万年屋《まんねんや》」は水道尻《すいどじり》にある引き手茶屋だった。

入り婿に入ってから、田丸屋や根本屋とも盆暮以外、滅多に行き来しなくなった。

西河岸の切見世桔梗屋のおみさとも、すっかり縁が切れた。沢吉のことは風の噂で知っていることだろう。薄情だが、女房持ちとなった沢吉におみさは、もはや必要ではなかった。

根本屋の屋号の入った半纏《はんてん》を着て、茶屋と遊女屋を忙しく行き来していた沢吉は、羽織姿で客に愛想を言う引き手茶屋の若旦那となったのだ。

女房のお磯《いそ》は沢吉より三つ年上で出戻りだった。九重とは似ても似つかないお多福《たふく》だが、沢吉にはよい女房だった。

引き手茶屋は夜遅くまで見世を開き、朝も早い。お磯と閨《ねや》を共にする時間も限られている。それでもお磯は忙しい合間を縫って沢吉の蒲団に入ってくる。亭主の相手をしなければ浮気されると思い込んでいる女だ。前の亭主の浮気には、さんざん泣かされていたからだろう。

「お前さん、花魁のことは忘れなくってよござんすよ」

つかの間の交合の後に、お磯はそんなことを言った。

「気を回すな」

沢吉は苦笑した。

「今だから言うけど、あたし、あの時、見ていたのよ」

お磯は沢吉の眼を避けて言う。あの時とは、小原作左衛門の事件があった日のことだろう。

「それで？」

沢吉は気のないそぶりでお磯の話を促した。

「花魁を腕に抱えていたお前さんは、滅法界《めっぽうかい》もなく倖《しあわ》せそうに見えた。花魁も多分、同じ気持ちだったと思うのよ」

「知らねェよ」

沢吉ははぐらかす。

「心底、女に惚れたことのない男なんてつまらない。だからあたし、お父っつぁんに頼んで、お前さんにうちへ来て貰うよう頼んだの。でも、断られるんじゃないかと、返事を貰うまで生きた心地がしなかった」

「それでどうよ。望み通り、おれを亭主にした気持ちは」

「もう意地悪。嬉しいに決まっているじゃないの。でも、お前さんはこんなあたしじゃ不満でしょうけれど」

「お磯は、いい女房だよ」

「本当？」

お磯は無邪気に沢吉の顔を覗き込む。

「ああ」

そう言って、沢吉はまたお磯の腕を引いた。

つかの間、禿のしおりが「おいらの姉さんが」と、泣きながら叫ぶ声が聞こえた気がした。しおりは来年、振袖新造の披露目をするという。昔の縁で祝儀のひとつも出さなければならないだろう。それより、しおりが九重の源氏名を襲名するのが驚きだった。九重となったしおりを自分はどんな気持ちで眺めるのだろう。

それが沢吉の当面の気掛りだった。

「何を考えているの」

お磯は心配そうに訊く。

「別に……」

窓の障子がかたかたと鳴る。風が出てきたようだ。障子に映る松の影を見つめながら、沢吉はお磯のたっぷりした胸を両手で揉《も》み上げる。お磯は仔猫《こねこ》のような声を洩《も》らした。

面影ほろり

一

日本橋川《にほんばしがわ》の河口と大川《おおかわ》が交わる北新堀町《きたしんぼりちょう》から長さ百二十八間の永代橋《えいたいばし》が架《か》かっている。

永代橋を渡れば、そこは深川《ふかがわ》である。川をひとつ隔《へだ》てただけなのに、深川の風情《ふぜい》は江戸の町と、ひと味違って感じられる。いわゆる辰巳風《たつみふう》と称されるものである。別名「羽織《はおり》」と呼ばれる辰巳芸者も深川ならではのものだ。

辰巳芸者は意気地《いきじ》と張りが身上で、日本橋や柳橋《やなぎばし》の芸者と趣《おもむき》を異《こと》にしていた。遊び巧者《こうしゃ》は吉原《よしわら》より深川へ通う者が近頃増えている。舟賃や駕籠代《かごだい》が掛かる吉原より、近間で手軽に遊べるせいだ。

縦横に堀が張りめぐらされている深川は、一町も歩けば必ず堀に行き当たった。辻《つじ》駕籠より舟を使う方が速いのも土地柄である。

深川の堀は東の木場《きば》へと繋《つな》がっていた。

市太郎《いちたろう》の父親は久永町《ひさながちょう》にある「大野屋《おおのや》」という材木問屋の主《あるじ》だった。大野屋は母屋《おもや》のある敷地内にも材木が積み上げられているが、塀《へい》の外には満々と水を張った木場を所持していた。

木場に近づくと水に浸《つ》かった丸太から樹木の匂いが立ち昇った。市太郎はその匂いを嗅《か》ぐのが好きだった。

他国から船で運ばれた丸太はお台場《だいば》や佃島《つくだじま》の辺りに下ろされ、筏《いかだ》に組んで木場に移される。その仕事をするのが川並鳶《かわなみとび》と呼ばれる職人達だった。川並鳶が手鉤《てかぎ》で丸太を操《あやつ》る姿も市太郎がもの心つく頃から眺《なが》めていたものだ。

市太郎は広い木場を遊び場にして育った。危ないから木場に近づくなと釘《くぎ》を刺されていたが、市太郎は木場に行って川並鳶が木遣《きや》りを唸《うな》りながら仕事をする様子を眺めた。それに飽きると木場の周りの仕切り板の上を走り回った。

体勢を崩して水に嵌《はま》ったこともあるが、すぐに川並鳶が笑いながら引き上げてくれた。

川並鳶の連中は水に嵌ることなど何んとも思っていない。

「あちゃあ、ずぶ濡れになっちまったぜ。坊、風邪《かぜ》引くなよ」

川並鳶はそう言い、市太郎を抱きかかえて母屋に運んでくれた。川並鳶が自分に親切なのは、もちろん大野屋の息子だったせいもあろうが、市太郎が木場を好きだということも彼らは知っていたからだ。

冬になって木場の丸太が雪を被《かぶ》り、川並鳶の姿が見えなくなっても、市太郎は着膨《きぶく》れて達磨《だるま》のような恰好《かっこう》で日に一度は木場を見に行った。誰もいない木場は、それはそれで風情があった。いや、風情という言葉は、市太郎はまだ知らなかった。広々とした木場は子供心に清々した気分をもたらしていたのだ。

「木場を眺めてくらァ」

そう言うと、母親のおたもは決まって「水に嵌ったら大変だからおよし」と言った。不服そうに黙り込むと、父親の市兵衛《いちべえ》は「すぐに戻るんだよ」と助け舟を出してくれた。もっと幼い頃は女中が伴《とも》をしたが、八歳になった今、市太郎は一人で行っても大丈夫だった。水に嵌るようなドジはしない。

誰もいない木場でも、傍《そば》の番小屋には見張りの川並鳶が必ず一人はいた。以前、大掛かりな盗難があってから大野屋は交代で見張りを置くようになったのだ。だが、番小屋にいつもいるのは茂平《もへい》という年寄りの川並鳶だった。紺の股引《ももひ》きに大野屋の屋号の入った半纏《はんてん》を羽織り、小さな火鉢《ひばち》で暖を取りながら退屈そうに見張りをしていた。

他の川並鳶は暇になると門前仲町《もんぜんなかちょう》辺りに繰り出して飲んだくれているか、賭場《とば》で博《ばく》打《ち》に興じているか、岡場所にしけこんでいるかのどれかだった。

茂平は市太郎に気づくと、番小屋に招じ入れてくれた。弁当のにぎりめしを分けてくれたり、正月の頃だと火鉢で餅《もち》を焼いてくれたりした。

「坊ちゃん、この木場は、いずれ皆、坊ちゃんの物になるんですぜ。だから、人の手に渡らねェように旦那《だんな》からしっかり商売を教えて貰《もら》うんですぜ」

茂平は市太郎にそう言った。市太郎は茂平のことを気安く「爺《じじ》」と呼んでいた。ごま塩になった頭は、そう呼ばれても不思議はなかっただろうが、茂平はその頃、まだ五十にもなっていなかったはずだ。だが、市太郎の眼には、ずいぶん、年寄りに見えていたのだ。

「そうか。ここは皆、おいらの物になるのか。爺、それまで生きてろよ。おいら、爺に仕事をやるからよ」

仕事にあぶれて今月の実入《みい》りが少ないなどと職人達が言っているのを市太郎は耳にしていた。仕事を与えると言えば茂平も喜ぶと思ったのだ。茂平は、つかの間、呆気《あっけ》に取られたような顔をしたが、その後で、しゅんと洟《はな》を啜《すす》った。

「坊ちゃん、ありがとよ。恩に着るぜ」

「何泣いてんだよ。爺は阿呆《あほう》だな。あほッ！」

一人息子の市太郎は同じ年頃の子供達に比べ、我儘《わがまま》で驕慢《きょうまん》なところがあった。だが、茂平は市太郎が生意気な口を利いても、咎《とが》めはしなかった。

「坊ちゃんは心底《しんそこ》、木場が好きなんですね」

茂平は市太郎の顔をしみじみ眺めて言った。

「おうよ。気が清々すらァ。家にいるとおっ母《か》さんがぐちぐちと小言を言うから敵《かな》わねェのよ。この間も、おいらが手習いに身を入れないとお説教よ。しっかり手習いを覚えなきゃ、立派な大人になれないとよ。だから、おいら、言ってやった。さだめしおっ母さんは、子供の頃、手習いに励んだんだろうねって。そしたら、その言い種《ぐさ》は何んだと、ほっぺたをつねりやがった。爺、知ってるか？　おっ母さんの書く字はよ、みみずがのたくったようなんだぜ」

そう言うと茂平は「親の痛い所を突いちゃいけやせんやね」と愉快そうに笑った。茂平が市太郎と話をするのを喜んでいる様子も嬉しかった。市太郎にとって、木場は本当に安らげる場所であったのだ。

だから、蛤町《はまぐりちょう》でしばらく暮らすことになった時、市太郎は両親と別れることより、木場を眺められないことが寂しかった。

母親のおたもが病を得て床に就《つ》くと、息子が傍にいては、おたもがおちおち養生できないだろうと市兵衛は考え、しばらくの間、知り合いに市太郎を預けることにしたのだ。

本当は、おたもが実家に帰って養生すればよかったのだが、あいにく、おたもの両親は亡くなっていて、おたもは近くに住んでいた姉を頼るしかなかった。その辺りの事情も少し複雑で、おたもは自分が家を離れたら市兵衛が勝手をするものと思い込んでいたらしい。市兵衛は、これまで女の噂《うわさ》が絶えない男だった。

蛤町は深川の内で、久永町ともそう離れてはいない。だが、市兵衛はおたもの病が本復するまで家に戻ってはならないと、市太郎に言い渡した。少し我儘な市太郎を、この機会に他人のめしを喰わせ、鍛《きた》えようという魂胆《こんたん》があったのかも知れない。

着替えと手習いの道具を持って、深川八幡宮の裏手にある蛤町の家に市兵衛と一緒に向かったのは、桜の蕾《つぼみ》が枝につく頃だった。

市兵衛は何んだかうきうきしているように見えた。

「お父《と》っつぁん、これから行く家で誰がめしの仕度《したく》をするんだい」

市太郎は心配そうに市兵衛に訊《き》いた。

「ああ、世話をしてくれる人がいるから安心しろ。女中も一人置いてるから身の周りのことには不自由しないはずだ。ただし、蛤町で見たり聞いたりしたことは決しておっ母さんの耳に入れるんじゃないよ。わかったね」

「どうしてよ。家に帰ったら、きっとおっ母さんは、あれこれ訊くぜ」

市太郎は不服そうに口を返した。市兵衛は一瞬、言葉に窮《きゅう》した様子だったが「お前は頭がいい子供だから、そこんところはうまくやってくれ」と言った。

「蛤町には誰がいるのよ」

「会えばわかる」

「女か？」

「うるさい！」

一喝《いっかつ》され、勘のよい市太郎は、これから行く家には父親と訳ありな女が住んでいるのだと悟った。何んだか鬱陶《うっとう》しいような気持ちだった。

二

さほど大きくはないが、庭のついた一軒家に着いた時、市兵衛は土間口《どまぐち》ではなく、枝折戸《しおりど》を抜けて庭に入り、縁側から声を掛けた。

「おおい、浅吉《あさきち》、いるかあ。倅《せがれ》を連れて来たぞ」

市兵衛は野放図な声を上げた。その声の調子は、家にいる時や奉公人に指図する時とは違って感じられ、市太郎は少し驚いた。浅吉というからには男かと思ったが、ほどなく障子を開けて現れたのは背の高い痩《や》せた女だった。

母親より年が若そうに見えた。ついでに母親よりも女ぶりがよかった。後ろから女中らしい若い娘も続いた。女中は頬《ほお》が赤く、腫《は》れた眼をして、ちっとも可愛《かわい》くなかった。

「お待ちしておりました。どうぞ中へ」

女の声は変わっていた。風邪を引いた時のようにくぐもって低い声だった。おたもの声がキンキンしていたので、なおさらそう感じたのだろう。

掃除してきれいに片づいた部屋は床の間と大きな神棚が設《しつら》えてあり、その前に長火鉢が置いてあった。市兵衛は主人顔で神棚を背にして座り、市太郎ッと手招きした。

「これからこの人に厄介《やっかい》になるから、ご挨拶《あいさつ》をしなさい」

市兵衛は機嫌のいい声で言った。市太郎はこくりと頭を下げた。

「男前の坊ちゃんでござんすね。誰に似たものやら」

女は軽口を叩《たた》いた。

「何を言うか。これでもわしは若い頃、近所の娘達から付《つ》け文《ぶみ》を山ほど貰ったんだぞ」

「おや、それは初耳ですね。これ、おつね。お茶をお持ちして。あ、それから戸棚《とだな》に羊羹《ようかん》があったはずだ。それも切って持っておいで」

女は傍にいた女中に命じた。

「それで手習所の方は手はずがついたかね」

市兵衛は、さっそく女に訊いた。今まで通っていた手習所とは別の所へ通うことになるのかと、市太郎は初めて気づいた。

「お父っつぁん。手習所も移るのか？　おいら、山形《やまがた》先生の所がいい」

市太郎は七歳の初午《はつうま》の日から、本所《ほんじょ》の猿江町《さるえちょう》にある山形常安《じょうあん》という師匠に弟子入りしていたので、友達も同じ手習所に通う連中ばかりだった。

「ここから猿江町までは、ちと遠過ぎる。浅吉がよい師匠を探してくれたから、そっちに通いなさい。なに、おっ母さんの病が治るまでの間だ。また山形先生の所へ通えるようになる。心配するな」

「この小母《おば》さん、浅吉という名前らしいが男じゃねェよな」

市太郎は上目遣《うわめづか》いで女を見ながら言った。

女は顎《あご》を上げて笑った。白い喉《のど》がのけぞる様は、子供心にも色っぽく思えた。

「坊ちゃん。わっちは芸者をしてるんですよ。深川の芸者はね、鶴治《つるじ》だの、今助《いますけ》だの、男名前でお座敷に出ているんですよ」

女はそう教えてくれた。

「そいじゃ、おいらも浅吉さんと呼ばなきゃならねェのかい。そいつはちょいと……」

市太郎は思案顔をした。

「おひさと呼んで下さいましな」

「わかった。それから、あっちのへ、ちゃ、む、く、れの女中はおつねだな」

そう言うと、市兵衛は慌てて「こらッ」と叱《しか》った。男の子供は、時に残酷《ざんこく》なことを平気で口にするものだ。市太郎も相手の気持ちを考えず、思ったままを言ったのだ。

案の定、茶と羊羹を運んで来た女中は涙ぐんでいた。

「坊ちゃん。おつねは去年、小梅村《こうめむら》から出て来たばかりで、まだ町の暮らしに慣れちゃいないんですよ。ずっとね、親を手伝って田圃《たんぼ》や畑の手伝いをしていたから、身を構う暇もなかった。でもね、へちゃむくれは、ちょいとひどい。女はね、お面《めん》のことを悪く言われるのが一番辛いんですよ」

おひさは、さり気なく市太郎に言った。

「そうか。悪かったな。おつね、これからせいぜい磨いて、女ぶりを上げるんだな」

市太郎が鷹揚《おうよう》に言うと、おひさは花が咲いたような笑顔を見せ「旦那、この坊ちゃんは、なかなか見どころがありますよ。わっちも、できるだけのお世話をさせていただきます」と言った。おつねも機嫌を直して、丈夫そうな歯を見せて笑った。

市兵衛は、ひと晩おひさの家に泊まり、翌朝、木場へ帰って行った。

市兵衛が帰ると、おひさはよそゆきの着物に着替え、出かける仕度をした。

「ささ、これから手習所の先生にご挨拶に行きますよ。正木《まさき》先生とおっしゃる方で、以前はさるお屋敷でお務めをしていらしたんですよ。とても頭のよい先生ですから、きっと坊ちゃんのためになるようなことを教えて下さいますよ」

「以前は屋敷務めをしていたというが、今は違うのかい」

「ええ……」

「浪人の内職か」

「また、坊ちゃん。そんなことはおっしゃらないで下っし。世の中は自分の思い通りには行かないこともあるのですから」

おひさは、その時だけ厳しい表情をして市太郎を制した。

手習所は油堀《あぶらぼり》の富岡橋《とみおかばし》を渡った黒江町《くろえちょう》にあった。寄合に利用される会所が手習所に充《あ》てられているという。黒江町の世話役が子供達のために、そうした措置を取ったのだろう。

師匠の正木辰之進《たつのしん》は三十五、六の恐ろしく痩せた男だった。妻と二人で会所の二階に寝泊りしているらしい。どういう事情で辰之進が浪人となったのか、その時の市太郎には知る由《よし》もなかったが、町内の世話役が辰之進を手習所の師匠に迎えたのは、辰之進がそれだけの人格を備えていたからだろう。おひさも辰之進を尊敬しているふしが感じられた。

おひさが手習所の玄関で訪《おとな》いを告げると、辰之進は心得顔《こころえがお》で出て来た。おひさに促《うなが》され、市太郎は「よろしくお願いします」と頭を下げた。

辰之進は大きな眼を見開いて肯《うなず》き「猿江町の山形常安先生のお弟子さんだそうですね。山形先生は優れた国学者です。市太郎が来てくれて、こちらの子供達にもよい影響となるでしょう。楽しみにしております」と言った。

辰之進は澄んだいい声の持ち主だった。痩せているので、喉仏が首から突き出ているように見えた。

その日は挨拶だけかと思ったが、辰之進はすぐに市太郎を中へ招じ入れ、手習所の子供達と一緒に素読《そどく》と習字をさせた。おひさは、しばらく市太郎の様子を眺めていたが、小半刻《こはんとき》（約三十分）もすると、辰之進に頭を下げて先に帰った。

手習所には十五、六人の子供達が集まっていた。猿江町の手習所とは雰囲気《ふんいき》が違って感じられた。猿江町は、ほとんど商家の子供達ばかりだったが、黒江町の方には武家の息子が混じっており、商家の子供達も料理茶屋だの、芸妓屋《げいぎや》だの、遊女屋だの、比較的裕福な家の者だという。三分の一ほどが女の子で、女の子は固まって天神机に座っていた。

辰之進は市太郎が初めて顔を出したというのに特別に気を遣うこともなく、他の子供達と同じように市太郎を扱った。

ただ、習字になった時、市太郎の手は他の子供達より少しだけ勝《まさ》っていたようで、大いに褒《ほ》めてくれた。それが他の子供達には、いささかおもしろくなかったようだ。帰りには待ち伏せされ、市太郎は手加減もなく殴《なぐ》られた。大きな面《つら》をするなということらしい。

市太郎は鷹揚に育っていたから、そんな目に遭《あ》うのは初めてだった。泣きたくないのに涙が自然に溢《あふ》れた。だが、途中からやけになったと言おうか、開き直ったと言おうか、市太郎はその内の一人の腕に嚙《か》みついた。

市太郎は川並鳶同士の喧嘩《けんか》を思い出していた。大勢に囲まれた若い川並鳶は、目星をつけた相手だけに喰らいついて行った。勝算はなかったものの、一矢報《いっし》いることはできたと思う。その姿が市太郎の頭にあった。

他の子供達が慌てて市太郎を引き剝《は》がそうとしたが、市太郎は嚙みついた力を弛《ゆる》めなかった。とうとう、その子供は大声を上げて泣き叫んだ。声を聞きつけ、近所の大人が出て来て、市太郎はようやく相手から離された。

その子供の腕には、血に染まった歯形が残った。

「覚えていろ!」

捨て台詞《ぜりふ》を吐いて、連中は嚙みつかれた子供を促して去って行った。

市太郎の着物の袖は綻《ほころ》び、唇《くちびる》は切れ、眼の周りには青黒い痣《あざ》ができた。市太郎は、路上に散乱した手習いの道具を拾い集めると、埃《ほこり》だらけになった風呂敷に包んだ。

「気の強い子だ。どこの子だろうね」

女房達が囁《ささや》く声を小耳に挟《はさ》みながら、市太郎は、のろのろと蛤町へ戻った。

もちろん、おひさは仰天した。事情を話すと怒りを露《あら》わにし、市太郎を苛《いじ》めた子供の家に文句を言いに行くと言った。

「いいんだよ。所詮《しょせん》、餓鬼《がき》の喧嘩だ。大人が出て行くのはみっともねェよ」

市太郎はおつねに傷の手当てをされながら応《こた》えた。おひさは市太郎の袖を繕《つくろ》ってい
た。
「子供のくせに存外、肝っ玉が据わっているのだねえ。坊ちゃん、わっちは感心しま
したよ」
おひさは、ほれぼれとした眼で言った。
「よしねェ。おひさに褒められても嬉しくも何んともねェや。だけど、あいつら、きっ
と仕返しするんだろうな」
この先のことを考えて、途端《とたん》に市太郎は鬱陶しい気持ちになった。
「正木先生に言っておかなきゃ」
おひさは慌てて言う。
「それもよしねェ。そんなことをしても無駄よ。我慢できなきゃ、手習所へ行かねェ
だけの話だ」
「本当にそれでいいんですか」
おひさは恐る恐る訊く。
「ああ」
「きっと相手は『近江屋《おうみや》』の息子さんと『相模屋《さがみや》』の息子さんですよ。我儘者で有名

だから」

おつねは訳知り顔で口を挟んだ。昨日初めて見た時より、おつねの顔はへちゃむくれに思えなかった。市太郎はそれが不思議だった。見慣れたせいだろうか。

「近江屋と相模屋は何んの商売をしているんだい」

市太郎はおつねに訊いた。

「近江屋は黒江町の米屋で、相模屋は門前仲町の遊女屋ですよ」

「ふうん」

「なに、一人じゃ何もできないから、仲間とつるんでいるの。あたしなんて、買い物の途中で醜女《しこめ》って悪態《あくたい》をつかれたの」

「そいじゃ、おいらと同じ穴のむじなか」

「そんなことない。坊ちゃんは違う。坊ちゃんは姐《ねえ》さんに窘《たしな》められたら素直に言うことを聞いたもの。坊ちゃんは、あいつらより何倍もいい子ですよ」

「ヘッ」

市太郎は苦笑したが、その後で膏薬《こうやく》が滲《し》み、顔を歪《ゆが》めた。

「明日はもっと顔が腫れるかも知れませんよ。坊ちゃん、我慢できます?」

おつねは気の毒そうに訊いた。

「へっちゃらだい。おいら、男だからな」

そう言うと、おつねはにッと笑い「気の強い坊ちゃんだこと」と、低い声で言った。

市太郎はすこぶるいい気分だった。

しかし、夕方、おひさがお座敷へ出るために用意をしていた時、近江屋の女房が子供を引き連れ、血相を変えて現れた。

「ちょいとごめんなさいよ。市太郎という子が、この家にいると聞いて来たんですよ」

土間口で大声を張り上げたので、市太郎は思わず、おひさの顔を見た。胸がどきどきした。

「安心おし」

出《で》の衣裳に調えたおひさは眼が覚めるほどきれいに見えた。おひさは市太郎に肯くと、裾を捌《さば》いて土間口に出て行った。

「何か御用でござんしょうか」

おひさは低い声で訊いた。

「何か御用とはご挨拶だね。これ、この子の傷を見てやって下さいな。うちの子は、おたくの市太郎という子に腕を齧《かじ》られ、血を出したんですよ。医者を呼んで大変だったんですから。この始末をどうしてつけてくれるんですか」

「どう始末をつけるとおっしゃるのは、どういうことでござんすか。わっちは木場の大野屋の坊ちゃんをしばらく預かることになったんですよ。正木先生にお願いして、本日初めて坊ちゃんが手習所に行ったというのに、おたくの坊ちゃんとお仲間は何がお気に召さなかったのか、帰りに待ち伏せして、殴る蹴るの乱暴を働いたそうですよ。うちの坊ちゃんも男ですからね、黙っていませんよ。おたくの坊ちゃんに嚙みついて、うっぷんを晴らしたんでしょうよ。わっちの方こそ、おたくへ出向いて文句を言いたかったですよ。でもね、子供の喧嘩だから、大人が出て行くのはみっともないと、うちの坊ちゃんは言ったんですよ。見たところ、おたくの坊ちゃんは、ずいぶん、大きいようだ。うちの坊ちゃんは、まだ八つですよ。その八つの子供を大きい子が束になって苛めるなんざ、どういう了簡《りようけん》でござんしょう。とくと聞かせて下っし」

おひさは立て板に水のごとくまくし立てた。

近江屋の女房は市太郎が八つと聞いて、言葉に窮し「お前、どうなんだい」と、息子に訊いた。息子は何も応えなかった。

「おかみさんが、どうしてもよござんすよ」

正木先生に中へ入っていただき、白黒つけてもよござんすよ」

おひさは、ためらいもなく凄《すご》んだ。

「そこまで言っておりませんよ。所詮、子供の喧嘩だ。今後、気をつけてほしいと、あたしは言いたい訳で」

近江屋の女房も怯《ひる》まない。おひさは「坊ちゃん、ちょいとこっちへおいでなさいな」と、市太郎を呼んだ。

市太郎は俯《うつむ》いて、言う通りに出て行った。

「おかみさん。うちの坊ちゃんもこの通りですよ」

おひさがそう言うと、近江屋の女房は腹立ちまぎれに息子の頭を張った。それから「お邪魔様」と言って、息子を引き摺《ず》るようにして帰って行った。

「ああ、清々した。おつね、塩を撒《ま》いとくれ」

おひさは、ようやく溜飲《りゅういん》を下げて言った。

「あいつのおっ母さん、怒っていたぜ」

市太郎は心配そうに、おひさを見た。

「なあに。手前《てめ》ェの息子の不始末に気づいたのさ。そうじゃなかったら、とことん嚙みついてくるはずだ。深川の女はね、手前ェが悪くないと思えば決して引き下がらないのさ。坊ちゃん、あの息子は帰ってから母親に、さんざん油を絞られるはずだ。もう、坊ちゃんに悪さはするものか」

自信たっぷりなおひさを見て、市太郎も、ほっと安堵《あんど》する思いだった。

三

翌日、手習所に行くと、辰之進は市太郎の顔を見て「どうした」と訊いた。市太郎は近江屋や相模屋の息子達にやられたとは言わなかった。それが、彼らの印象をよくしたのかも知れない。帰りに汁粉屋で汁粉を奢《おご》ってくれた。

おひさは毎日、夕方になるとお座敷に出かけ、帰りは四つ（午後十時頃）過ぎになった。

だから、晩めしは女中のおつねと、いつも二人で食べた。おつねは十二歳だったから、市太郎にとって姉のようなものだった。

おつねは市太郎を退屈させまいと、生まれ在所の小梅村の話をしてくれた。市太郎はお返しに木場の話をした。

おつねは眼を輝かせ、もっと話して聞かせろと催促した。

「大きくなったら、坊ちゃんは大野屋の旦那様になるのね。何んだか羨《うらや》ましい。あたしの弟も坊ちゃんと同じような年頃だけど、大きくなっても小作の百姓のままよ。お金持ちはどこまでもお金持ちで、貧乏人はいつまで経っても貧乏人。神さんは不公平だと思う」

おつねは市太郎の話の後で、独り言のように言った。

「貧乏人が貧乏人のままってのはわかるが、金持ちだって、ふとした拍子に貧乏人になることがあるぜ。火事でも起きてみな。家も財産も、あっという間になくならァな」

「でも大野屋さんは違う。火事があれば材木が売れるじゃないの」

「………」

「ごめんなさい。坊ちゃんを困らせるつもりはなかったのよ」

おつねは取り繕うように言った。

市太郎は、おつねを小意地の悪い表情で見ると「あほッ。材木屋だって、火事になったら終わりじゃねェか」と、吐き捨てた。

おつねは一瞬、びくりと身体《からだ》を震わせ、それから「あほって言わないで。馬鹿と言われるより悲しくなっちまう」と、涙声で言った。

上方出身の川並鳶が盛んに「あほかいな」とか「あほ抜かしいな」と言ったのを覚えて、市太郎は真似したに過ぎない。

阿呆は深川にはなじまない言葉なのだと、市太郎は改めて思った。

「何も泣くことねェのによ。だから女はいやだよ。おひさ、早く帰ってこないかな」

市太郎は、くさくさした顔で呟《つぶや》いた。

おひさは市太郎が寝入った頃に帰って来ていたので、いつ戻ったのかわからなかった。

朝目覚めると、長火鉢の前で茶を飲みながら「坊ちゃん、お早《はよ》うござんす。よく眠れたかえ」と、おひさが訊くので、ああ、帰っていたのだなと思うのだった。

正木辰之進は少し変わった師匠だった。普段は手習所で素読や習字をさせるのだが、少し天気がいいと「さて、ちょいと外の空気を吸いに行こうか」と、子供達を引き連れて散歩に出た。

永代橋の真ん中で江戸湾を眺め、他国からやって来る帆《ほ》を孕《はら》ませた船を指差し「あの船は江戸に様々な物を運んで来るのだ。その船の手配をつけるのが廻船問屋《かいせんどいや》で、日本橋の辺りに店を構えておるのだ」とか、青物を積んだ舟が通れば「ほれ、よく見ろ。あの舟は畑で作った青物を江戸の市場に卸《おろ》しているのだ。皆んなが何気なく口にしている青物も様々な人の手を介して運ばれておるのだぞ」とか教えてくれた。

向島《むこうじま》に花見に行こうと誘ったのも辰之進だった。そろそろ花時も終わりに近づいていたので、花見客が少なくなった頃を見計らって辰之進は遠出を考えたようだ。弁当を持ち、足許《あしもと》は草鞋《わらじ》にしろと子供達は辰之進に命じられた。

おひさにその話をすると大層張り切り、その日の朝は早くから起きて、にぎりめしを拵《こしら》えていた。

「坊ちゃん、梅干しがいいですか、それともおかか？」

手際よくにぎりめしを拵えながら、おひさは訊いた。

「おかか！」

市太郎も張り切って応えた。皆んなで遠出するのが嬉しくてたまらず、前夜はあまり眠れなかった。家族以外で花見に行くのは初めてだった。

おひさは、にこりと笑い、大皿ににぎりめしを並べ、合間に沢庵《たくあん》を摘《つ》まむ。かりこりと沢庵を食《は》む小気味よい音を聞きながら、市太郎は何んだか浮世離れした気分だった。台所仕事をしないおひさが市太郎のために自らにぎりめしを拵えてくれるという嬉しさもあったが、おひさの細く長い指が美しかったからだ。いつまでもその様子を眺めていたかった。

「ささ、坊ちゃんも仕度をなさいまし。遅れちまいますよ」

おひさは、じっと見つめる市太郎を急《せ》かした。でき上がったにぎりめしは竹皮に包まれ、小ぶりの竹筒にはお茶が入れられた。その二つを風呂敷に包み、背中に斜めに括《くく》りつけた。

「坊ちゃん、お怪我をしないように気をつけて下さいましよ」

出かける時、おひさは、さり気なく注意した。

「合点承知之助！」

駆け出す市太郎を、おひさとおつねは笑顔で見送ってくれた。

手習所の子供達は二列に並んで、大川沿いを北へ進んだ。辰之進は道中、ここが両国橋、ここが吾妻橋《あづまばし》などと、橋の名や渡し場を教えてくれた。やはり、ただの遠出ではなく、見聞を拡げる目的が辰之進にはあったようだ。

「先生は少し変わっているよな。弟子達と花見に行くなんざ」

市太郎は同い年の定吉《さだきち》に言った。定吉は黒江町の小間物屋の息子だった。市太郎より小柄で、弱々しく見える少年だったが、口は達者である。

「先生は、他国のお人だから、江戸に出て来た時、道筋《みちすじ》を覚えるためにあちこち歩き回ったんだと。今じゃ、江戸の者より道を知っているんだよ。だから、おいら達にも教えようと思っているのさ」

定吉は訳知り顔で応える。

「先生は事情があってお務めを退《の》いたんじゃないのか？　だから浪人をしているんだろ？」

「違うと思うよ。お国許に何か事情ができて、居づらくなって江戸へやって来たらしい」

「誰が言ってたのよ」

「噂だけどね」

「何んだ、ばかばかしい」

「本当だってば！」

定吉がむきになって言った時「定吉、市太郎、静かにしろ」と、辰之進の叱責《しっせき》が飛んだ。二人は慌てて首を縮めた。

吾妻橋の先に枕橋《まくらばし》があり、それを渡れば水戸侯《みとこう》の下屋敷が見え、やがて向島の界隈《かいわい》になる。ほろほろと花びらが散り、向島はのどかな雰囲気が漂っていた。手習所の子供達は辰之進に促され、桜の樹の下で弁当を拡げた。

弁当を持って来ない者が何人かいた。うっかり忘れてしまったようだ。辰之進は、そういう子供達に自分の弁当を与えた。

市太郎は辰之進の食べる物がなくなったのに気づくと、にぎりめしを二つ、辰之進に持って行った。おひさは五つもにぎりめしを入れてくれた。自分は三つも食べたらたくさんだった。

「市太郎、案ずるな。先生は、さして腹は空いておらぬ」

辰之進は遠慮して手を出さなかった。

「先生。こいつは辰巳芸者の浅吉が拵えたんだぜ。そんじょそこらのにぎりめしと違うんだよ。ま、いいから喰ってくれ」

市太郎はそう言って、辰之進の手に無理ににぎりめしを押しつけた。辰之進は驚いたような顔をしたが、こくりと頭を下げた。

「浅吉姐さんのにぎりめしか……」

ためつすがめつする様子が市太郎には可笑《おか》しかった。

「うまいですか」

市太郎は上目遣いで辰之進に訊いた。

「うまい。こんなうまいにぎりめしは生まれて初めてだ」

「ちょいと大袈裟《おおげさ》だよ、先生」

「市太郎の親御《おやご》は木場で材木問屋をしているそうだな」

指についためし粒をねぶりながら辰之進は訊く。

「はい、そうです。おっ母さんが病に倒れたので、おいらは邪魔になるってんで蛤町に預けられたんですよ」

「そうか。おっ母さんが病では寂しかろうの」

「んなことねェですよ。蛤町には浅吉もいるし、手習所の仲間もいるし」

「そうか。偉いぞ、市太郎は。お前はなかなか根性のある子供だ。しっかり勉強して、いずれ父親の仕事をしっかり受け継ぐのだ。それが親孝行だぞ」

「結局、勉強しろになるんですか。敵《かな》わねェな先生には」

「学んだことは無駄にはならん。悪事を働く連中は子供の頃に学ばなかったせいもある。善悪の区別もつけられずに大人になれば、悪の道に走りやすくなるものだ」

「そうですかねえ。学問を積んだ頭のいい奴が悪事を働く場合だってあると思いますけど」

「ほう」

辰之進は市太郎に感心した表情を向けた。

「そういう手合《てあい》には、どう対処したらよいのかな」

辰之進は試すように訊いた。

「さあねえ、おいら、子供だからよくわかんないけど、ほら、年寄りがよく言うじゃないですか。お天道《てんと》さんが見ているよって」

「そうだな。天知る、地知る、我知る……そして人知る、だな」

「先生、おいら、訳わかんねェ」

「誰も知らないと思っても、天地はそれを知っている。むろん、本人もだ。それがいずれ、他人にも知られるということだ」

そう言った辰之進の表情が少し暗くなった。

心配そうな市太郎を見て、辰之進はすぐに気を取り直し「市太郎、これが大川だ。江戸の人々には一番大事な川なのだ」と言った。

そんなことは、とっくにわかっていたが、辰之進の気分を損《そこ》ねたくなくて、市太郎は黙って肯いた。

「この川はどこへ向かっていると思う?」

辰之進は続ける。

「海です」

「そうだな。深川の堀はどこへ繋がっている?」

「木場です」

市太郎は声を張り上げた。

「そうだ。しかし、木場で終わりではない。木場も海へと続いているのだ。続いていなければ丸太を運べないだろうが」

「それもそうですね」

「お前はいずれ材木問屋の主になるだろう。木場は広い場所だが、その先に海があることを忘れるな。海は木場の何百倍も何千倍も広いのだ」

　辰之進が何を言いたいのか八歳の市太郎にはわからなかったが、木場の先に海が拡がっていることを市太郎は、はっきり頭に叩き込んだ。

　弁当の後は、桜の樹の周りで鬼ごっこをして、手習所の子供達は、つかの間の春を楽しんだのだった。

四

　父親の市兵衛が蛤町にやって来たのは、暦が四月になってからだった。市太郎の喰い扶持《ぶち》は店の手代か番頭が晦日《みそか》におひさに届けていた。

　春から夏に掛けては材木問屋のかきいれ時でもある。江戸の町々で建物の普請《ふしん》や改築が盛んになると、市兵衛も奉公人に指図して注文された材木を届けなければならない。その一方、毎日のように他国から丸太が船で運ばれてくる。市兵衛は忙しい日々を送っていたが、蛤町に預けてある市太郎のことは気になっていたらしい。そこは父親だった。

おたもの病状は相変わらずだった。耳の近くにできた腫れ物が大きくなり、それが原因なのか高熱を発したり、めまいや吐き気に襲われたりしていた。掛かりつけの医者は匙《さじ》を投げたありさまなので、市兵衛は、ついに江戸でも名高い外科医に腫れ物を取るための手術をして貰うことを決心した。

しかし、手術は、必ずしも成功するとは限らなかったらしい。腫れ物の正体が当時の医学では予想がつかなかったからだ。もしかして命に影響を及ぼすかも知れなかった。

市兵衛は寄合の帰りにおひさの家に立ち寄った。その寄合にはおひさも呼ばれていたようで、二人は一緒に戻って来た。

市太郎は晩めしを済ませ、とっくに床に就いていたが、市兵衛とおひさの話す声で、途中、ふと眼を覚ました。起き上がって茶の間に出てゆこうとしたが、どうも二人の様子がいつもと違って感じられたので、寝たふりをして、じっと二人の会話に耳を澄ました。

「あれに、もしものことがあったら……」

市兵衛は低い声で言う。

「縁起《えんぎ》でもない」

おひさは、すぐに市兵衛を制した。その後で沈黙が続き、市兵衛の猪口《ちょこ》に酌をする気配ばかりがした。大人の話は、どうしてまどろっこしいのだろうと市太郎は思った。

やがて市兵衛は重い口を開いた。

「今まで手術をして貰うことに決心がつかなかったのは、医者に命の保証ができないと言われたからだよ。腫れ物を取って、俄《にわか》に容態が悪化する恐れもあるそうだ。それなら、このまま静かにしていれば、少なくとも一年ぐらいはもつはずだ」

「たった一年でござんすか……」

「ああ」

「坊ちゃんが可哀想《かわいそう》」

おひさはそう言って、洟を啜った。

「だから、一《いち》か八《ばち》かの勝負に出たんだ」

市兵衛の声も湿って聞こえた。おっ母さんは死んでしまうのだろうか。そう思うと、市太郎も悲しくなった。おたもが眼を吊り上げて自分を叱る表情が、ぼんやり思い出された。

おひさはきれいで優しい女だが、やはり市太郎は、おたもが恋しかった。こんなことになるのなら、もっといい子にしていればよかったと心底思った。

「おひさ、もしもの時には、お前さんに助けてほしいのだよ。お前さんが、うんと言ってくれたら、わしも市太郎も安心できる」

市兵衛はおひさに哀願するように言った。

だが、おひさは、にべもなく応えた。

「旦那は悪い人じゃござんせんが、そういう段取りのよさは、わっちの癇《かん》に障る。この話は聞かなかったことに致しますよ」

「相変わらず、欲のないおなごだ」

市兵衛はため息をついて言う。

「旦那。欲がない訳じゃござんせんよ。お内儀《かみ》さんが亡くなってもいない内から、そんな話を聞くのはいやだと、わっちは言ってるだけですよ」

おひさは怒った口調で言った。辰巳芸者のおひさが大野屋の後添《のちぞ》えに入ることは女の出世だと市兵衛は言いたかったのだ。市兵衛はおひさが喜んでその話を受けるものと思っていたようだ。お父っつぁんはおひさの気持ちを少しもわかっていないと市太郎は思った。

　痩せても枯れても、おひさは意気地と張りが身上の辰巳芸者である。人の死を待ち望んでまで倖《しあわ》せになろうとは思っていなかったはずだ。おひさの言うように確かに市兵衛は先走り過ぎた。

　市兵衛は、おひさの剣幕に気圧《けお》され、その後は何も喋《しゃべ》らなかった。

　だが、おっ母さんが死んだら、おひさが自分の新しい母親になるかも知れないと、市太郎はぼんやり思った。それが嬉しいのか悲しいのか、市太郎にはわからなかった。

　母親のことを別にすれば、市太郎の毎日は結構、楽しいものだった。手習所の仲間の家はほとんど訪れ、自分の家とは違う雰囲気を味わうことができた。また、仲間とつるんで深川八幡宮の境内《けいだい》の露店をひやかし、見世物小屋にもぐり込んで手妻《てづま》（手品）や、からくりを見物する楽しみも覚えた。

　お盆の時期も大野屋から迎えが来なかったので、市太郎は仲間と精霊棚《しょうりょうだな》の供え物をくすね喰いしたり、女湯を覗《のぞ》きに行ったりして、悪餓鬼の本領を発揮していた。

　お盆が過ぎれば深川八幡宮の大祭が待っていた。木場の神輿《みこし》が通ったら、仲間に教え、盛大に塩や水を掛けてやろうと心積もりしていた。

だが、その深川八幡宮の宵宮《よいみや》の日、市太郎にとって忘れられない事件が起きた。

町々は祭りの飾りつけをして浮き立っていた。市太郎はおひさに祭り半纏を着せられ、頭には豆絞りの手拭いをきゅっと結んで貰った。公然と夜遊びができることで、市太郎も仲間達も興奮気味だった。商家は、どこもにぎりめしやおこわを用意して子供達に振る舞ってくれたし、おひさの贔屓《ひいき》の客は小遣いを恵んでくれた。子供にとっても深川祭りはこたえられないものだった。

米屋の近江屋の店先でにぎりめしを頰張っていた時、定吉が「大変だ、先生が捕まった」と悲鳴のような声を上げながら駆け寄って来た。

「何んで先生が捕まるのよ。お前《め》ェの話は根《ね》っからわからねェ」

近江屋の息子の勘助《かんすけ》は呆れたように舌打ちした。

「本当だってば。侍が五、六人やって来て、先生を縄で縛ったんだ」

それを聞くと、市太郎は仲間と顔を見合わせた。年長の相模屋の息子の徳三郎《とくさぶろう》は「よし、行くぞ。先生を助けるんだ。皆んな、石を持て」と、命じた。

「おう！」

仲間は威勢よく応えた。

黒江町の手習所の前には人だかりができていた。辰之進は定吉が言った通り、縄で縛られていた。辰之進の女房が泣きながら縋《すが》りつこうとするのを、中年の侍が制していた。

辰之進は殴られて、額から血を流していた。着物の前がはだけ、白い下帯の垂れが見える。そんな哀れな辰之進の姿を見たのは初めてだった。

「やめろ！」

徳三郎が大声を張り上げ、石を投げた。それが辰之進の女房を制していた侍に当たった。

「このくそ餓鬼」

怒りで血走った眼をした侍は徳三郎に近づくと加減もなく、その頭を小突《こづ》いた。

市太郎も徳三郎を助けるため石を投げ、侍の後頭部に命中させた。

「おのれ！」

振り向いた侍は、今度は市太郎に突進して来た。殴られると首を縮めた時、「子供に手を出すな。子供に罪はない」と、辰之進は絞り出すような声を上げた。

「先生！」

子供達は口々に叫んで辰之進に近づいた。

「皆んな、許してくれ。先生は罪を犯した悪い男なのだ。これから潔《いさぎよ》くお裁きを受ける。

辰之進は涙をこぼしながら言った。

「ささ、愁嘆場《しゅうたんば》はこれまでだ。行くぞ」

別の侍が辰之進の縄をぐいっと引いた。辰之進は痛みに顔を歪めた。辰之進の女房は辺りを憚《はばか》ることもなく、おいおいと泣き叫んだ。その声に誘われるように、子供達も眼に腕を押し当てて泣いた。

何があったのか、市太郎には皆目《かいもく》見当がつかなかったが、辰之進に学問を教わることは、もうないのだということはわかった。市太郎の生涯で、あのような悲しい思いをした深川祭りも他になかった。

それからのことは、市太郎はよく覚えていない。町内の世話役が手習所の子供達の家を廻り、次の師匠が見つかるまで、しばらく手習所が休みになる旨が伝えられた。休みになって嬉しいはずが、市太郎も仲間達も気が抜けたようになり、以前のように、あちこち飛び回って遊ぶことはなくなった。手習所の近くの富岡橋から所在なげに堀へ石を投げ、詮《せん》のないため息をついていただけだ。

その内におたものの手術も終わり、市太郎は間もなく木場へ連れ戻された。その時も手習所の仲間に別れの言葉は言わなかった。いや、定吉にだけは家に帰ると伝えただろうか。それもよく覚えていなかった。

おたもは術後の経過がよく、半年後には床上げができるほど回復した。どうやら、これでひと安心というものだった。

蛤町での暮らしをあれこれ訊《たず》ねられ、おひさがどのような女であるかも探りを入れられたが、市太郎は市兵衛とおひさのやり取りをおたもに語ることはなかった。語らないことがおたもに対する思いやりだと市太郎は思っていた。

市太郎は猿江町の手習所に戻り、そっちの仲間と誘い合って遊ぶ内、正木辰之進のことも、黒江町の仲間達のことも自然に忘れていった。ただ、あれから深川八幡宮の祭りには行ったことがなかった。木場の神輿が出る時も、店の前で見送るだけである。そこに行けば、胸が潰《つぶ》れそうな悲しみを思い出す気がして、市太郎はいやだった。

再び市太郎が深川八幡宮を訪れることになったのは、二十五歳の時だった。同業の材木問屋の娘を嫁に迎え、深川八幡宮で祝言《しゅうげん》を挙げることになったからだ。

女房となるおひでは、どこかおひさに似ていた。おひでは背が高いことが仇《あだ》となって縁談を断られっぱなしの娘だった。市太郎と並んでも、おひでの方が一寸ほど高かった。

だから、花嫁衣裳を調える時、おひでは足許を薄い草履《ぞうり》にし、反対に市太郎の草履は少し厚めのものを用意して貰った。

周りの者はおひでを女房にする市太郎をもの好きだと陰口を叩いているようだが、市太郎は頓着《とんちゃく》しなかった。おひでを女房にすることで、大野屋は、さらに太い商いが期待できそうだ。川並鳶のためにも、この縁談が纏《まと》まってよかったのだと市太郎は思っている。願わくば、おひでもおひさのように意気地と張りのある女であってほしいが、それはまだわからなかった。

久しぶりに眺める深川八幡宮は懐かしかった。恐れていた悲しい思い出にも捉えられなかったので、市太郎はほっとした。それればかりでなく、花嫁の仕度が手間取り、八幡宮へ到着する時刻が大幅に遅れそうだと連絡が入ると、市太郎は、ふと黒江町の手習所のあった場所に行ってみようという気持ちになった。

周りの者に断って、市太郎は普段着のまま外に出た。

一の鳥居の手前で右に折れ、門前仲町を抜けて黒江町に入る。堀の水は当時のままだった。最初に手習所に通った日、勘助や徳三郎から手荒い歓迎を受けたことも、今は懐かしい思い出だった。

　正木辰之進は紀州のさる藩の家臣だった。

　家老の娘と相惚《あいぼ》れになり、将来を誓っていたが、家老の娘に縁談が持ち上がったため、二人は手に手を取って国許を出奔《しゅっぽん》したそうだ。

　辰之進はその時、勘定組に属していて、路銀の工面ができずに藩の金を横領したらしい。

　辰之進が捕縛《ほばく》されたのは出奔よりも横領の罪のためだった。その後、辰之進と女房がどうなったかは知る由もないが、辰之進が市太郎に語った言葉は、今になって深く得心がいくのである。辰之進の事情は後年、市兵衛が話してくれた。市兵衛はとんでもない男だと憤《いきどお》っていたが、市太郎は、辰之進を憎む気持ちにはなれなかった。よい師匠だったという思いは今でも変わらない。

　富岡橋を目印に会所を目指したが、どうした訳か、市太郎は会所のある場所を見つけられなかった。慌てて富岡橋に戻り、気を落ち着けて会所へ進んだが、それらしい建物に辿《たど》り着くことはできなかった。

　近所の人間に訊ねても、さっぱり要領を得なかった。もはや会所は取り壊されてしまったのだろうか。子供の頃、あれほどはっきり覚えていた道筋が薄い紗《しゃ》を掛けたように曖昧《あいまい》で朧《おぼ》ろになっている。市太郎はそのことに動揺した。子供達が集っていた場所は幻であったのだろうか。そこへ辿り着けないのは市太郎が大人になってしまったからか。

蛤町のおひさの家も確かめたかったが、市太郎はやめた。その家も見つけられないような気がした。

(坊ちゃん、梅干しがいいですか、それともおかか?)

にぎりめしを拵えるおひさのくぐもったような声が耳許で甦《よみがえ》った。おひさのその後も市太郎は知らなかった。まさか今でも芸者をしている訳はあるまい。だが、市兵衛は口を噤《つぐ》み、何も話してくれなかった。女中のおつねが嫁入りしたことだけは、辛《かろう》じて話してくれた。

市太郎は両手を後ろに回して組み、ゆっくりと門前仲町の通りを歩いた。空は市太郎の祝言を祝うように晴れ上がっていた。

祝言を終えたら、大野屋の川並鳶は赤筋《あかすじ》入りの祭り半纏に身を包み、威勢よく木遣りを唸ってくれるだろう。

市太郎は川並鳶に教わって、丸太乗りの技《わざ》も覚えた。材木問屋の寄合では、それが大層評判にもなっているらしい。

だが、子供の頃ほど木場が好きと言えない自分を市太郎は感じている。家の商売を教えられると、呑気《のんき》に好きだの何んだのとは言っていられない。同業者同士の競争も激しい。

これから大野屋を守《も》り立てるために大いにがんばらねばならないと思う。

（木場は広い場所だが、その先に海があることを忘れるな。海は木場の何百倍も何千倍も広いのだ）

正木辰之進の言葉が甦った。あい、おいらは井の中の蛙《かわず》にはなりません。木場の外の海に眼を向けて、しっかり生きていきます。

市太郎は胸で呟いた。その時、笑った辰之進とおひさの面影が、そっと市太郎の脳裏をよぎった。

びんしけん

一

浅草寺《せんそうじ》を中心とする浅草《あさくさ》一帯は、ほとんど寺と武家屋敷で固められている。しかし、その中には町人地も僅《わず》かながらあった。

下谷車坂町《したやくるまざかちょう》は唯念寺《ゆいねんじ》と等覚寺《とうがくじ》に挟まれた所にある町だ。江戸の人々は、その長ったらしい町名を嫌い、稲荷町《いなりまち》だの、どぶ店《だな》だのと簡単に呼んでいる。稲荷町は芝居小屋の大部屋役者の隠語である。実際にこの界隈には芝居関係者が多く住んでいた。

どぶ店は下谷車坂町から一町ほど南に行った所に長遠寺《ちょうおんじ》という寺があり、その門前の岡場所のことを指していた。どぶ店のどぶは吉原のおはぐろ溝《どぶ》に因《ちな》む溝、あるいは土婦、土腐という字が充《あ》てられている。いずれにしても、よい意味では遣われていなかった。

下谷車坂町は町人地だから、町内には魚屋、青物屋、湯屋などが当たり前にある。

そして、江戸の町ではどこにでも見掛ける裏店もあった。等覚寺の裏手に市右衛門店と呼ばれる裏店があった。門口《かどぐち》をくぐると五軒長屋が二棟、向かい合って建っている。そこには子供を含めて十世帯、三十八人の人間が身を寄せ合うように暮らしていた。

市右衛門《いちえもん》店は浅草御蔵前《おくらまえ》の札差《ふださし》、加賀屋《かがや》市右衛門の持ちものだった。市右衛門店の店子は大工、左官等、様々な職人達の他、大部屋の役者、加賀屋の通いの手代、番頭、噺家《はなしか》、手跡指南《しゅせきしなん》（手習所《とどこお》）の師匠がいた。

市右衛門店は店賃を滞らせる者が比較的少ないと評判が高く、他の裏店の家主達から羨《うらや》ましがられている。

もっとも、店子が市右衛門店に入る時、差配（大家）の喜三郎《きさぶろう》が身許《みもと》を調べ、間違いない人物かどうかを慎重に確かめてから店を貸しているせいもあった。喜三郎は加賀屋の番頭として長く奉公し、隠居した後《のち》は市右衛門店の差配に収まったのだ。喜三郎が加賀屋に忠誠を誓う気持ちは未だに強かった。

市右衛門店がよそと違うところは、喜三郎に言えば、造作《ぞうさく》の不足を即座に解消してくれる点だった。そのお蔭で雨漏りや、建てつけの悪い油障子に往生することもなく、店子達は安心して住むことができた。

　吉村小左衛門《よしむらこざえもん》は市右衛門店の店子としては古参の部類に入る。かれこれ二十年ほど住んでいるのではないだろうか。小左衛門は奥の共同で使う後架《こうか》のすぐ近くの店を借りていた。それは病身の母親が小用を足すための便利を考えてのことだった。

　小左衛門は手跡指南の師匠をしている。母親と二人暮らしをしながら細々と生計を営んでいたが、その母親も十年前に亡くなり、今は向かいに住んでいる老婆にめしの仕度や身の周りの世話を頼んでいる。四十二歳の小左衛門は妻のいない独り者だった。

　小左衛門の父親は、さる旗本であったが、母親のとせは父親の正式の妻でなかった。いわゆる妾《めかけ》の立場だった。とせは父親の屋敷へ女中奉公している内に、父親の手が付き、小左衛門を身ごもったのだ。父親に男子がいなかったなら、小左衛門の立場も今とは全く違ったものになっただろうが、あいにく父親と正妻の間には男子三人、女子四人がいた。

　父親が亡くなると、小左衛門ととせは家督を継いだ長兄から僅かな金を与えられて屋敷を追い出された。それから市右衛門店に移り、喜三郎の前の差配や町役人の世話で手跡指南の看板を揚《あ》げるようになったのだ。

　小左衛門は母親から学問を積めと、口酸っぱく言われ続けて成長した。妾腹の子が世に出るためには武芸に秀《ひい》でるか、学問しかない。

小左衛門は六尺近い大男だが、剣術の腕は備わらなかった。しかし、学問の方は母親がうるさいせいで、十五歳で湯島《ゆしま》の学問所の素読吟味《そどくぎんみ》に合格し、父親が亡くなる一年前には三年に一度行なわれる学問吟味にも合格している。病床にあった父親に報告すると、大層喜んでくれた。父親の息子達の中で学問吟味を突破したのは小左衛門だけだったからだ。

父親が亡くなり、屋敷を追い出される時、父親の友人の一人が学問所の宿舎の舎監をしないかと勧めてくれた。その話を受ければ、学問所の助手となり、いずれは教授への道が拓《ひら》けるかも知れない。大いに気を惹《ひ》かれたが、小左衛門は母親のことを思うと決心がつかなかった。舎監になれば母親と離れて住まなければならない。とせは、その頃から病を抱える身だった。

結局、ありがたい話を断り、小左衛門は市右衛門店に移った。そこで手跡指南ができるようになったのは幸運だったと思う。まさに捨てる神あれば拾う神もあるのだと、小左衛門はしみじみ思ったものである。

小左衛門が子供達に手跡指南をする横で、母親のとせは調子がよい時、床の上に半身を起こし、にこにこ笑って稽古《けいこ》の様子を見ていた。

子供達は稽古にやって来ると、最初にとせに挨拶《あいさつ》した。悪さをして小左衛門に叱《しか》られた子供はとせに縋《すが》った。とせは優しくその場をとりなしてくれた。とせにとっても市右衛門店で過ごした日々は楽しいものだったに違いない。そう思うことが小左衛門の僅かな慰めだった。

とせは父親が代官屋敷の手代をしていた家に生まれた。代官屋敷の手代は、一応、武士の待遇だが、中味は雀《すずめ》の涙ほどの給金しか与えられていなかった。そのため家族は狭い田畑を耕して暮らしの不足を補っていたのである。実家は屋敷を追い出されたとせと小左衛門の面倒を見る余裕はなかった。

それでもとせの兄は江戸へ出てくると、市右衛門店を訪れ、実家で穫れた米や青物、豆などを土産《みやげ》に置いていった。小左衛門は、この伯父《おじ》が大好きで、やって来ると、引き留めて泊まらせた。

伯父は小左衛門が勧めた酒にほろりと酔うと、決まってとせが不憫《ふびん》、小左衛門が不憫と泣いた。その伯父もとせも亡くなり、小左衛門は文字通り天涯孤独の身の上となってしまった。

とせが亡くなった時、小左衛門はすでに三十を過ぎていた。親切に縁談を勧めてくれる者もいたが、その縁談がまとまったためしはなかった。小左衛門を一目見た途端、相手方は断りを入れてしまうのだ。

小左衛門はとせの躾《しつけ》がうるさかったので、いつも身なりはきちっとしているし、行儀もよい。言葉遣いも丁寧だ。お喋りでもないし、人の陰口も叩かない真面目な男である。しかし、哀しいかな、年頃の娘達が嫁ぎたいと望むような男の魅力に欠けていた。

小左衛門は、げじげじ眉《まゆ》にどんぐり眼《まなこ》、わし鼻で、般若《はんにゃ》のように大きな口をしていた。おまけに月代《さかやき》の辺りはすでに禿《は》げ上がっていた。

年寄りに嫁ぐつもりはないと、怒気を孕《はら》んだ声で言われたこともある。三十そこそこで年寄り扱いされた小左衛門は、まことに気の毒な男だった。まして気の利いたお愛想のひとつも言えない野暮天で、裏店住まいの手跡指南の師匠となれば先も見えている。

結局、四十二歳になった今も小左衛門は独り者のままだった。だが、手跡指南の稽古所は存外に繁昌《はんじょう》していた。

とせが亡くなって少し経《た》った頃、小左衛門の隣りの店が空いた。そこには年寄りの夫婦が住んでいたのだが、夫婦は長男の許へ引き取られて行った。その時、小左衛門は差配の喜三郎にそこも借りたいと申し出た。弟子が増えるにつれ、狭い店に不足を覚えるようになっていたからだ。

もちろん、喜三郎は快くその申し出を受けた。小左衛門は二軒の店の間の壁を取り払い、一方を教場とし、もう一方を自身が寛《くつろ》げる住まいとして、ようやく人心地のつける環境を手に入れたのである。

とはいえ、小左衛門は二軒分の店賃を捻出《ねんしゅつ》するために四苦八苦する仕儀となった。小左衛門は月に何度か学問吟味を受ける青年達のため、夜の講義をして暮らしの不足を補っていた。

かつての江戸は手跡指南の師匠も少なく、無筆《むひつ》の者が多かったのだが、文化《ぶんか》（一八〇四～一八一八）の頃辺りから手跡指南の稽古所が目立ち始め、今では一町に二、三人の師匠が子供達に読み書きを教えている。そのお蔭で幼い子供でも結構達者な字を書くようになった。

下谷車坂町の人々が小左衛門の許へ子供を通わせていたのは、小左衛門がまれにみる堅物《かたぶつ》であったせいだろう。世事に長《た》けておらず、どこか浮世ばなれしたように見える小左衛門を子供達の親は好ましく思い、また信頼していたのだった。

しかし、親の気持ちは別にして、教えを受ける子供達は、いい加減うんざりしているふしもあった。

小左衛門は行儀にうるさく、子供が膝《ひざ》を崩そうものなら、傍《かたわ》らに置いた母親の形見の物差しでぴしりと打った。普段の小左衛門は高い声を上げず、優しいもの言いをするので、この物差しのぴしりは、子供達には相当こたえるようだった。

子供達はひそかに小左衛門を「びんしけん」と渾名《あだな》で呼んで溜飲《りゅういん》を下げていた。

昔、小左衛門が通っていた手跡指南の師匠は「残念、閔子騫《びんしけん》」というのが口癖だった。

それは当時の流行語であったらしい。残念は孔門十哲に数えられる顔淵《がんえん》に引っ掛けた洒落《しゃれ》である。その残念の下に、やはり十哲の一人閔子騫の名を続けたのだ。論語をこよなく愛する小左衛門は、この洒落をいたく気に入り、今でも師匠の真似をして時々遣うのだ。

しかし、当然ながら今の子供達に昔の洒落は通じない。というよりうけない。ただ、びんしけんという奇妙な語感は子供達に残った。

それればかりでなく、今では市右衛門店の住人達までびんしけんの先生と呼ぶ始末だった。

二

昼四つ（午前十時頃）の市右衛門店には七歳から十二歳までの子供達が集《つど》い、「子《し》、曰《いわ》く……」と、元気よく素読する声が響いていた。

教場にしている店の土間口には、市右衛門店に住む大工に作らせた下駄箱が左右二つ並んでいる。土間口を入って左側が男の子、右側が女の子の履物を入れることになっている。

小左衛門は「男女七歳にして席を同じゅうせず」という『礼記《らいき》』の中にある教えを忠実に守っていた。下駄箱ひとつでも厳しく男女の区別をつけている。

中に入ると、正面に床の間があり、そこに天神さんの軸が下がっている。床の間も教場にする時、設《しつら》えたものだった。小左衛門は床の間を背にして座り、天神机を並べた前髪頭の少年達や、引っつめ髪の少女達へ注意深い眼を向けていた。子供達の席も男女に分けられている。小左衛門の前には唐机《とうづくえ》が置かれていた。唐机は子供達が使う天神机よりも大きかった。小左衛門はその机で、子供達が清書した習字に朱を入れたりするのだ。

「ごめん」

いかめしい男の声が教場にしている土間口から聞こえた。小左衛門は、すいっと首を伸ばしたが、外の陽射《ひざ》しが眩《まぶ》しいせいで、男の顔が真っ黒に見え、誰か判断できなかった。

「おれだ、おれ。森野《もりの》だ」

男は怪訝《けげん》な表情の小左衛門に言った。

森野倉之丞《くらのじょう》は小左衛門と同い年で幼なじみでもある。今は南町奉行所で吟味方の同心を務めていた。

「おお」

ようやく合点した小左衛門は「しばし休憩」と子供達に言い置いて腰を上げた。子供達は嬉しそうな歓声を上げげた。

「突然であいすまん。この間からおぬしのことが気になっての、本日は浅草寺の近くに用事がござったから、ちょいとこっちまで足を延ばした次第だ」

倉之丞は陽に灼《や》けた顔をほころばせた。しかし、すぐに笑顔を消した。小左衛門の後ろから子供達が一斉に倉之丞を見ていたからだ。

「手習いの途中でござったな。なに、さして用事はござらん。おぬしが元気ならそれでよいのだ」

倉之丞はそう言って踵《きびす》を返そうとした。

「まて。せっかくここまで来たのだから、茶の一杯も飲んでゆけ。少し早いが中食《ちゅうじき》にするゆえ」

小左衛門は鷹揚《おうよう》に応えた。その途端、また子供達から歓声が上がった。

「静かにせんか。おつる、いつものように皆へ茶を淹《い》れてやれ。鉄瓶の湯は熱いゆえ、火傷《やけど》せぬようにくれぐれも気をつけるのだぞ」

小左衛門は年長のおつるという少女に言いつけた。

「先生、お客様へ先にお茶をお淹れしますか」

狐《きつね》のように細い眼をしたおつるは気を利かせる。

「おお、そうしてくれるか。すまぬの」

「台所の戸棚《とだな》に羊羹《ようかん》が入っておりますが、それもお切りしましょうか」

「いやいや、この男は甘いものが苦手ゆえ、それはよい。わしのにぎりめしを一緒に食べるつもりじゃ」

「さようですか。それでは先生、お客様をあちらへご案内下さいませ」

おつるは大人びた口調で言った。騒ぎ出した男の子に「静かに」と叫ぶ声だけは、驚くほど大きかった。

倉之丞は小左衛門の茶の間に腰を下ろし、おつるの淹れた茶をひと口飲んで「あの娘はやけに気が利くの。いや、感心、感心」と言った。おつるは二人に茶を出すと教場に戻って他の子供達にも茶の入った湯呑を配っていた。

「浅草広小路の料理茶屋の娘なのだ。いずれは同業の見世《みせ》に嫁ぐことになろう。まあ、あれなら立派に料理茶屋のお内儀《かみ》になれるだろう」

小左衛門は、おつるのことを笑顔で説明した。

「いかさまな」

倉之丞は相槌《あいづち》を打った。小左衛門は戸棚から塩むすびが三つ載った皿を取り出し、倉之丞の前に置いた。

「このようなものしかござらんが、少しは腹の足しになるだろう」

「構わんでくれ。時分時《じぶんどき》に来たおれが悪いのだから。後で、その辺りで蕎麦《そば》でもたぐるゆえ」

倉之丞は遠慮する。昔は鷹揚な表情の少年だったが、吟味方という役目上、目つきに鋭いものが感じられる。今も小左衛門へ向ける視線には何やら怪しむような色があった。しかし、小左衛門は頓着《とんちゃく》せずに塩むすびを勧めた。

「そう言わずに、ひとつ摘《つま》め」

「そうか」

倉之丞はお義理に塩むすびを取り上げ、口に運んだ。

「いい米を使っておるな。うまい」

意外そうな口ぶりで言った。

「向かいの婆さんに身の周りの世話を頼んでおるのだ。なかなかよくやってくれる」

小左衛門は自分も塩むすびを口にして応えた。

「お母上が亡くなって何年になる」

倉之丞は、ふと思い出したように訊《き》いた。

「ちょうど十年だ」

「そうか、早いものだのう」

「ああ。光陰矢のごとし、だ」

「おぬしはお母上が亡くなっても妻を迎える気にならなかったな」

倉之丞は上目遣いで言う。

「いや、わしにその気がなかったのではなく、相手側に気に入られなかっただけの話だ。その内にすっかり面倒臭くなってしまったのよ。独り暮らしも、慣れたら存外、気楽でよいものだぞ」

小左衛門は冗談めかして応えた。

「おぬしは本来なら、このような裏店で手習所の師匠をする男ではないのだ。旗本として家臣にかしずかれながら悠々と暮らしておるか、また、その頭を武器に湯島の学問所の教授を務めていたやも知れぬのだ。おれは他人事《ひとごと》ながら、おぬしのことを考えると口惜しくてならぬ」

倉之丞は俯《うつむ》きがちに、だが、激しい憤《いきどお》りを感じている声で言った。小左衛門は倉之丞の気持ちがありがたかった。やはり友達だと思う。

「わしは己れの来《こ》し方《かた》を悔いてはおらぬ。この市右衛門店で親子二人、貧しいながらも過ごして来た。母上に安らかな最期を迎えさせたことで親孝行の真似事もできたと思うておる。この先はできるだけ子供達の将来に役立つよう、及ばずながら力になるつもりだ。おぬしはこのようなわしの所へ時々、顔を見せてくれる。おぬしと、ここへ通ってくる子供達がわしの宝よ」

それは小左衛門の正直な気持ちだった。倉之丞は感激して、ぐすっと洟《はな》を啜《すす》った。それから取り繕うように塩むすびの皿に添えられていたひね沢庵《たくあん》を噛《か》んだ。

「ところでな……」

倉之丞はひね沢庵を茶で飲み下すと、改まった表情で小左衛門に向き直った。

「今年の春に南町の奉行所は関東一円を股《また》に掛けて盗みを働いていた盗賊を捕縛したのだ」

「おお、むささびの辰《たつ》というのが盗賊の首領だったな」

むささびの辰の噂《うわさ》は小左衛門も裏店の女房達から聞いていた。そのむささびの辰と、子分三名は市中引き廻しの上、獄門となったのだ。

「そうだ。むささびの辰を捕縛したことで、お奉行は上様よりお褒《ほ》めの言葉を給わった由」

「それはめでたい」

「しかしのう、むささびの辰を捕縛できたのは、仲間割れした子分の密告によるものだった。奴は労咳《ろうがい》を患って品川の宿《しゅく》で臥《ふ》せっていたゆえ、捕縛する時もさして手間は掛からなかった。大盗賊も最後は哀れなものだった」

「………」

「盗賊の世界も新旧交代の時期を迎えておって、盗みはしても殺しはせぬという奴のやり方に不満を覚える子分も多くなっていたらしい。子分の一人が首領を潰して、手前《てめ》エが首領に納まろうと画策したのだ」

「それでは、一味は新たな顔ぶれで、また盗みを働いているという訳か」

「そういうことだ」

「石川五右衛門《いしかわごえもん》はいみじくも言ったな。浜の真砂《まさご》は尽きるとも世に盗人の種は尽きまじ、か」

倉之丞は小左衛門の言葉に小さく肯《うなず》いた。

「実はおぬしに折り入って相談がござっての」

倉之丞は居ずまいを正して小左衛門に続けた。やはり、ただ顔を見に来ただけではないようだ。

「何んの相談だ。わしにできることか?」

「娘を一人、預かってほしい」

倉之丞はおずおずと言った。小左衛門は、すぐには返答ができなかった。倉之丞は独り者の自分を心配して、無理やり妻となる娘を押しつけようとしているのではなかろうかとも思った。

「ごらんのような狭い住まいでござる。それは、ちと無理だと思うがな」

小左衛門はやんわりと断りの言葉を口にした。

「子供達に指南する部屋は夜になれば誰も使わぬだろう」

「いや、月に何度かは武家の息子達のため、学問吟味に向けた夜講《やこう》を開いておるのだ」

「そうか、無理か。その娘は二十歳《はたち》になるのに、読み書きはおろか、まともな行儀作法も心得ておらぬのだ。何んとか世間並の娘に仕立て、いずれはしかるべき家に嫁がせようと思っているのだが……」

　小左衛門は少し風向きが違っているようだと気づいた。

「二十歳になるまで読み書きができぬとは、親御は何をしておったのだ」

「まともな親ではないのだ。母親は、どぶ店で女郎をしておって、父親はその客だったのよ。母親が病で死んだ後、見世の主は娘を手許に置いて育てていたんだ。主は、いずれその娘も女郎にするつもりだったのだろう。だが、ある日、父親が見世にやって来て、母親が死んだことを知った。その時、父親は残された娘が手前ェの胤《たね》だとわかったのよ」

「よくわからん。自分の娘かどうか男にわかるものか？　まして母親が女郎をしていたのなら、枕を交わした客も多かったはずだ」

「そうだな。だが、その娘は姿形が父親と瓜二《うりふた》つだったのよ。母親も死ぬ間際に父親の名を娘に明かしていたそうだ」

「それで父親は娘を引き取ったのか」

「おうよ。やはり盗賊でも父親としての情はあったようだ」

「盗賊？」

「ああ」

「もしや、その娘はむささびの……」

「相変わらず、察しがよいの」

倉之丞は、にッと笑った。冗談じゃないと、小左衛門は腹が立った。そんな訳ありの娘を預かってくれと頼む倉之丞の気が知れなかった。しかし、倉之丞は小左衛門の思惑など頓着せずに話を続けた。

むささびの辰は岡場所から娘を連れ出すと、旅暮らしをしながら娘を育てた。山の中で野宿することも珍しくなかったそうだが、娘は存外、そんな暮らしをいやがってはいなかったらしい。どぶ店の狭い部屋に押し込められているより、旅をしている方が性に合っていたようだ。行儀が悪いと小言を言う者もいなかった。娘は野猿のように奔放《ほんぽう》に成長した。

むささびの辰が捕縛された時、幸い、娘は罪に問われなかった。娘が直接悪事に手を染めていなかったからだろう。年老いて、おまけに患っていた父親の傍《そば》に娘はつき添っていたそうだ。

娘は捕縛に関わった江戸橋の岡っ引きの家に引き取られた。その岡っ引きと女房も娘がいなかったせいで、大層可愛《かわい》がった。

しかし、まともな育ち方をしていない娘は当たり前の暮らしにさえ窮屈を覚え、その内にあちこちで問題を起こすようになった。

湯屋では娘が盛大に陸湯《おかゆ》を被《かぶ》ったため、近くにいた女の身体《からだ》に湯が跳ねた。その女に文句を言われ、かッときた娘は摑み合いの喧嘩《けんか》をしている。また、通りを歩いていた時、町の与太者にからかわれたことに腹を立て、殴《なぐ》りつけて怪我を負わせた。野良犬を棒で叩いていた子供を見て、犬の気持ちがわからないのかと大声で叱りつけて泣かせたこともあった。もちろん、娘が問題を起こす度に岡っ引きの家に苦情が持ち込まれ、女房はそのために具合を悪くしてしまったという。小左衛門が聞いた限りでは、いい話はひとつもなかった。

「なぜ、そうまで娘の世話を焼く」

小左衛門は倉之丞の気持ちが知りたくて訊いた。ふん、と倉之丞は苦笑したように鼻を鳴らした。

「さあ、なぜかのう。見過ごすことができぬのだ。お節介と言われたらそれまでだが。できればおれが引き取りたかった。したが、立場上、それは叶わぬことだった」

「どうもよくわからん」

小左衛門は首を振った。

「このままでは母親の二の舞になる恐れがあるのだ。その前に人並の娘に仕込み、人並のおなごの倖《しあわ》せを味わわせてやりたいのだ。一度、会ってみろ。まっすぐな気性の可愛い娘だ」

「しかし、わしは妻もおらぬ独り者の男だ。年が離れておるとはいえ、ひとつ屋根の下で若い娘と一緒に暮らす訳には参らぬ。悪いがその話は聞かなかったことにする」

小左衛門はきっぱりと断った。

「おぬしは手習所の師匠だ。子供達が道を踏み間違えぬよう教え導くのが仕事ではないか」

倉之丞は怯《ひる》まず口を返す。

「その娘は子供ではない。二十歳の大人だ」

「形《なり》は大人でも頭ん中は頑是《がんぜ》ない餓鬼《がき》なのだ」

倉之丞は、なおも喰い下がった。小左衛門は、もう話を続ける気がせず、むっつりと押し黙った。

やがて倉之丞は大袈裟なため息をつくと、

「わかった。おぬしを見込んだおれが浅はかだった。邪魔したな」と、怒気を孕《はら》んだ声で言うと腰を上げた。小左衛門は見送りもしなかった。おつるが慌てて「またお近い内にお越し下さいませ」と、料理茶屋の客を見送る時のように声を掛けていた。

三

木枯らしが路上の落ち葉を舞い上げる。神無月《かんなづき》の江戸は、めっきり寒さがこたえるようになった。教場には大きな火鉢《ひばち》を置いて、子供達が風邪を引かぬように小左衛門は気を配っていた。

冬の初めは子供達の家から炭銭を貰う決まりになっていた。一人二百文の炭銭が集まると、小左衛門は炭屋に一俵の炭を注文した。それで冬の間は何んとか寒さも凌《しの》げるというものだった。

小左衛門は毎月二百文を月謝として子供達の家から受け取っていた。その他に夏の初めは畳銭二百文、冬は炭銭、盆暮には砂糖の袋とやはり二百文を貰う。子供達を手跡指南所へ通わせるためには一年に都合三千文の掛かりが要った。いつの世も、子供の教育には金が掛かるものである。しかし、そのお蔭で小左衛門も飢えることなく暮らして行けるのだ。

その日は習字の清書を出す日だったので、子供達は手本を見ながら真剣な目つきで半紙に字を書いていた。季節柄、こがらしだの、しもばしらだの、かんなづきだのの言葉が多かった。

子供達は清書したものを小左衛門に見せ、朱で丸をつけて貰った後は後始末をして順次家に帰るのだ。翌日の十五日は稽古が休みとなっているので、子供達の表情も心なしか明るく感じられる。帰る時は必ず「先生、さようなら。皆さん、さようなら」と大きな声で挨拶する決まりになっていた。

おつるは、いつも最後まで残って、掃除を手伝ってくれる。おつるは子供達が帰ると、その日当番になっていた十歳の庄六《しょうろく》、八歳のおみわ、同じく八歳の太平《たへい》とともに天神机を雑巾で丁寧に拭き、教場の隅に重ねた。それが済むと、箒《ほうき》で座敷を掃《は》く。一連の作業は子供達もすっかり呑み込んでいるので手際がよかった。掃除道具もきれいに後始末すると、四人は小左衛門に挨拶をして帰って行った。

小左衛門は大きく伸びをして、ゆっくりと首を回した。

と、その時、おつるが戻って来て「先生」とひそめた声で呼び掛けた。

「どうした」

小左衛門は怪訝な顔でおつるを見た。おつるはちらりと外を振り返ってから「外に女の人が立っておりますよ。先生にご用があるのじゃないですか」と、大人びた表情で言った。

「女？　はて」

小左衛門は首を傾《かし》げた。一向に心当たりがない。子供達の母親だったら、おつるは女の人などと、曖昧《あいまい》な言い方はしないだろう。

小左衛門は下駄を突っ掛けて外へ出てみた。

台所の煙抜きの窓の傍で、風呂敷包みを胸に抱えた若い女がつくねんと立っていた。

中肉中背の女は、鈴を張ったような眼を光らせて小左衛門を値踏みするように見た。

小左衛門は女の表情から山猫をふと連想した。

「何かご用かな」

小左衛門はさり気なく言葉を掛けた。傍でおつるが息を詰めて見つめている。

「ここ、吉村小左衛門というお人の家かえ」

女は蓮《はす》っ葉《ぱ》な口調で訊いた。

「いかにも」

そう応えると、女はほっとしたように吐息をついた。

「ああ、よかった。この辺りはよく知っているつもりだったが、十年も経つとすっかり道筋も忘れちまって、辿《たど》り着くのに往生したわな」

「それで用件は何かな」

「森野の旦那から聞いていたと思うけど、おれはこの家でしばらく居候することになっているそうだ」

女は他人事のように言った。おつるは驚いて細い眼を大きく見開いた。だが、一番驚いたのは小左衛門自身だった。女は倉之丞が話していたむささびの辰の娘らしい。

「その話は倉之丞に断っておる。わしはお前を預かる訳には行かぬのだ。悪いがこのまま帰ってくれ」

小左衛門は早口に言った。女はその拍子に唇を噛んだ。

「そうかえ……結局、どこへ行ってもおれは厄介者《やっかいもの》だ。わかったよ。ようくわかった。もう、金輪際《こんりんざい》、人の力なんざ当てにするもんか。これからどぶ店に行って女郎に雇って貰うことにするさ。そしたら先生、罪滅ぼしに一度ぐらいおれを買っておくれね」

女は悔しそうに吐き捨て踵を返した。おつるが慌てて女の袖を摑んだ。

「お姉さん、やけになっちゃ駄目よ。ちゃんと先生と話し合って。きっとよい案が浮かぶはずよ」

おつるは小左衛門の指導通り、よい娘に成長したと思う。ただ、その時の小左衛門にとって、おつるの助言は迷惑以外の何ものでもなかった。だが、女はふっと笑顔を見せ「あんた、子供のくせに口が回ること」と、言った。

「あたしは十二ですよ。もう子供じゃありませんよ。ささ、とり敢えず中に入りましょう。よろしいですね、先生」

おつるは有無を言わせぬ態《てい》で言った。小左衛門は仕方なく肯いた。

おつるは女を小左衛門の住まいへ促した後も茶を淹れたり、羊羹を切ったりと、まめまめしく世話を焼いてくれた。女はおつるの所作を感心したような眼をして見ていた。

女はお蝶《ちょう》という名だった。おつるが傍にいたので、小左衛門は、むささびの辰のことには触れず、それまで暮らしていた江戸橋の話を主《おも》に訊いた。

「お前が揉《も》め事を起こしたから、岡っ引きの女房は具合を悪くしてしまったそうじゃないか。お前はそのことをどう考える」

小左衛門は腕組みしてお蝶に訊いた。

「小母《おば》さんがおれのために具合を悪くしてしまったって？　先生、それは本当のことか？」

お蝶は信じられない様子で訊き返した。

「本当だ。お前、二十歳にもなって察しがつけられなかったのか」

小左衛門は呆れた顔になった。

「そりゃあ、近所から色々文句は来ていたよ。だけど、おれがこれこれこういう事情だったと小母さんに話したら、小母さんは、お蝶は悪くないと言ってくれたんだよ。湯屋で喧嘩になった時だってそうさ。おれの被った陸湯がよそのかみさんの身体に掛かったから、ごめんよと最初は謝ったんだ。ところが、そのかみさんはいつまでもねちねち文句を言ったのさ。いい加減、うんざりするよ。いつまで喋ってんだい、このすっとこどっこい、と吼《ほ》えてやったのさ。そしたら、敵はおれに水を掛けやがった。後はどうなったか、おれも頭に血が昇っていたから覚えていないよ」

お蝶の話におつるは口許に掌《て》を当てて愉快そうに笑った。

「おつるちゃん、おつるちゃんなら、そんな時、どうする？」

お蝶は真顔で試すようにおつるへ訊いた。

「売り言葉に買い言葉ですからね。お姉さんが謝ったんだから、本当はそれで済んだはずなのよ。でも、しつこい人もいるから、そんな時は知らんぷりすることね」

おつるは相変わらず大人びた表情で応えた。

「そうだったんだ……じゃあ、棒で野良犬を叩いていた子供を見たらどうする？」

「うーん、その時は近くの大人に知らせることね。きっと代わりに叱ってくれたはずよ」

「だけど、町で与太者にからかわれて、おれが大声を出しても、誰も助けてくれなかった。おれは奴等を殴って逃げるしかなかったんだ」

「怪我をしなければ、それはよろしいのじゃないかしらね。お姉さん、腕っぷしが強そうで頼もしいこと」

おつるは朗らかな笑い声を立てた。それに誘われるようにお蝶も笑った。お蝶はすっかりおつるが気に入ったようだ。おつるも同様だったらしい。おつるは家の若い者が心配して迎えに来るまで、そうして小左衛門とお蝶の傍にいた。おつるは「先生、お姉さんの力になって下さいね」と念を押し、名残り惜しそうに帰って行った。

小左衛門はおつるが帰ると、おもむろに「さて、これからのことだが」と改めて話を切り出した。

「やっぱり迷惑なんだね」

お蝶は俯いて言った。

「わしに妻がいたら、倉之丞の頼みも素直に聞いたやも知れぬ。したが、わしは齢四十《よわいしじゅう》を過ぎているといえども独り者だ。ひとつ屋根の下でお前と暮らす訳には行かぬのだ」

小左衛門は倉之丞に言った言葉をお蝶にも繰り返した。

「四十だって?」

お蝶は驚いた顔をした。それから「六十近いのかと思っていたよ」と続けた。全く、もの言いの悪い女である。

「おれ、おつるちゃんのように気配りのある女になりたいんだよ。いや、それはおつるちゃんに会って、今日、初めて思ったことだけどね。それから読み書きも覚えたい。もしも先生がうんと言ってくれたら手習所の束脩《そくしゅう》(謝礼)と喰い扶持《ぶち》は江戸橋の小父《おじ》さんが出してくれることになっているんだ。そしてね、まともな女になったら、おれはまた江戸橋に戻りたいのさ。おれ、あの家が好きなんだ」

お蝶は切羽詰まった表情で縋《すが》った。小左衛門は弱って後頭部に掌をやった。

「夜は向こうの部屋で寝るよ。よう、いいだろ?」

お蝶は必死の表情だった。岡っ引きと倉之丞に頼まれたと言えば、近所は納得するだろうか。いや、最初はうさん臭い顔をするだろう。世間体を考えると小左衛門は気が引ける。

だが、ここでお蝶を突き放せば、お蝶は本当にどぶ店に行きかねないと思った。近所に対しては、おつるの言ったように知らんぷりを決め込むしかない。小左衛門は渋々引き受けることにした。

「ただし、揉め事は困る。お前はそれを守れるか？」

「合点承知之助！」

お蝶は張り切って応えた。

四

向かいに住んでいるおくめ婆さんは、小左衛門が身の周りの世話を頼んでいる六十の女だった。息子夫婦と二人の孫と暮らしているので、日中、おくめが小左衛門の住まいであれこれ用事を足すのは嫁にとって気の休まることであったろう。しかし、女中代わりにお蝶を預かったと言ったことで、自分はお払い箱になるのかと、おくめは意気消沈した。

「いやいや、おくめさん。この娘は台所仕事も何もできないのだ。人並の娘になるよう、おくめさんも仕込んでくれないか」

小左衛門がそう言うと、おくめはようやくほっとして「そういうことなら、任せておくれ」と、ぽんと胸を叩いた。

おくめは米の研《と》ぎ方から、汁のだしの取り方、洗濯、掃除の手順まで懇切丁寧にお蝶へ教え、お蝶も素直に従っていた。

日中は一番後ろで子供達と一緒にお蝶も手習いをした。最初は緊張していた子供達も、お蝶がろくに字を知らないとわかると、さっそく「ばか、ばか」と口汚く罵《のの》る。

お蝶はその時だけ「ばかばか言うは、自分のばかを知らぬばか」と返していた。

おつるは他の子供達に「お姉さんは、今まで手習いをする機会がなかっただけよ。そんな、ばかなんて言うもんじゃないよ」と、さり気なく窘《たしな》めてくれた。

お蝶はそんなおつるの気持ちが嬉しく、昼の中食も一緒、湯屋も一緒に行くようになった。小左衛門もこれなら心配することもあるまいと、安堵していた。

夜は教場と住まいの襖《ふすま》を閉じ、決してこちらへ入って来ないよう小左衛門はお蝶に念を押した。

「へへえ、先生。おれが夜這《よば》いでも掛けるのかと心配してるのかえ」

お蝶は悪戯《いたずら》っぽい表情でからかった。

「ばか者！」

小左衛門は夜這いという言葉に照れ、顔を赤くしてお蝶を叱った。

しかし、風が強い夜はお蝶も不安を覚えるらしく、襖越しに声を掛けてきた。

「先生、この風で屋根が飛ばされないかえ」

「大丈夫だ。日頃から大家さんが長屋のことに気を遣ってくれているからな」

「それでも、火事が起きたら、こんな付け木《ぎ》のような長屋はいっぺんで燃えてしまうじゃないか」

「だから、そうならないように火の用心を心掛けているのだ」

「おれ、お父《と》っつぁんと旅暮らしをしていた時、山の中の洞穴《ほらあな》で何度も泊まったよ」

「そうか……」

「いきなり蝙蝠《こうもり》がばたばた飛んで驚いたこともある。だけどね、山の中はしいんと静かで、夜空の星は手が届きそうなほど近くに見えるのさ。眠れない夜は、じっと星を見ていたよ。きれいだったなぁ」

「そうか……」

普段のお蝶の声は甲高《かんだか》い。だが、その時はこもったように低く聞こえた。それが小左衛門の耳に快く響いた。

「おれ、お父っつぁんが盗賊だったこと、しばらく知らなかったのさ」

お蝶は突然、そんな話を始めた。小左衛門は緊張を覚えた。だが、内心の思いを気《け》取《ど》られないように穏やかな声でお蝶の話を促した。

「おっ母《か》さんが死んで、お父っつぁんがどぶ店から連れ出してくれたのは、おれが十《とお》の時だった。最初はお父っつぁんが行商か何かの仕事をしていると思っていたんだよ。手下の奴等と話をする時、盗むだの、かっぱらうだのという言葉は聞いたことがなかったからね」

「それで、いつわかった」

「そうだねえ、夜がらすの源《げん》という血の気の多い男がいたんだよ。そいつ、急ぎ働きの最中に騒いだ女房を匕首《あいくち》でぶすりと殺《や》っちまった時かな。お父っつぁん、もの凄い剣幕で殺しはしちゃならねェのがむささび一家の掟《おきて》だと怒って、ヤキを入れたんだ。殺しはしないって、じゃあ、今まで何をしていたのかと思ったら、それまでのあれこれが一度に腑《ふ》に落ちたのさ。おれも鈍い女だったよ」

お蝶はため息交じりに言う。

「お父っつぁんが裁きを受けたときはこたえただろうな」

「ああ。夜がらすの源がお父っつぁんとおれがいたドヤ（宿）を役人に密告して捕まったのさ。あの時も明け方に役人がどやどやと押し掛けて、おれは何が何んだかわからなかった。泣く隙《ひま》もなかったよ。だけど、お父っつぁんが手前ェはどうなってもいいから、お蝶だけは助けてくれと奉行所の役人に縋ったと聞いた時は眼が腫《は》れるほど泣いたよ。それにほだされたのが森野の旦那と江戸橋の小父さんだよ……お裁きの前の日、おれは江戸橋の小父さんと一緒にお父っつぁんに会いに行ったよ。その時、お父っつぁん、おれに言った。盗人の最期を、お蝶、とくと覚えておきあがれってね。お父っつぁんは悪人だけど、おれは潔《いさぎよ》い男だと思っているよ。へん、夜がらすの源が親玉になったんじゃ、これから死人《しびと》が増えるだろうよ。盗人の世界も世知辛《せちがら》くなったもんだ」

お蝶は皮肉に紛《まぎ》らわせた。

「お前がまっとうに生きることがお父っつぁんへの親孝行だ。しかと肝に銘じておけ」

小左衛門はそんなことしか言えなかった。

「そうかなあ。お父っつぁん、そんなふうに思っていたのかなあ」

「そうだとも」

「先生が言うんだから間違いないよね」

お蝶はそれから声を殺して、しばらく泣いていた。

だが、お蝶は小左衛門が忠告したにもかかわらず、市右衛門店の女房達と小競《こぜ》り合いになることが多かった。お蝶の言い分は間違っていなかったが、どういう訳か反感を持たれてしまうのだ。

たとえば下水に食べ物の屑《くず》を流す女房がいて、そのために溝が溢れた時などである。お蝶は父親譲りの啖呵《たんか》でまくし立てた。お蝶の剣幕が激しいので、仕舞いには当の女房が泣き出す。すると、悪いのは皆、お蝶ということになってしまう。
また、長屋の子供達が喧嘩になるとお蝶は黙っていられず、拳骨《げんこつ》をくれて諌《いさ》める。
よく叱ってくれたと言ってくれる母親もいたが、中には他人の子供に手を上げるとは
何んたることかと眼を剝《む》く者もいた。
小左衛門は市右衛門店の店子達となじまないお蝶に胸を痛めていたが、どうするこ
ともできなかった。
そうして、大晦日を翌日に控えた年の暮、市右衛門店の店子達が揃《そろ》って餅《もち》つきをし
ていた時、外へ買い物に行っていた店子の女房が血相を変えて戻って来た。
左官職人の女房のおしずは、以前、お蝶に文句をつけられたことのある三十二歳の
女だった。
「皆んな、聞いておくれよ。今、餅にまぶす粉を買いに行って、店《みせ》の旦那から大変な
ことを知らされたんだよ。この長屋にむささびの辰の娘がいると言うのさ」
おしずは鼻の穴を膨《ふく》らませて興奮気味に喋った。
「むささびの辰ってエのは、市中引き廻しの上に獄門になった盗賊の親玉のことか?」
大工の正吉《しょうきち》が呑気《のんき》な声で訊く。
「ああ、そうともさ。あたしゃ、心《しん》ノ臓《ぞう》が止まりそうなほど驚いたものさ。だけどね

え、言われてみりゃ、並の娘とやっぱり違っていたと気がついたんだ。恐ろしいねえ」

おしずはそう言ってお供《そな》えを丸めていたお蝶に小意地悪い眼を向けた。他の店子達もはっとしたようにお蝶を見た。お蝶は聞こえない振りをして手を動かしていた。

「よう、びんしけんの先生。あんた先刻承知之助だったんだろ？　どうして今まで黙っていたのさ」

おしずは小左衛門に詰め寄った。小左衛門はどうしてよいかわからず「いや、それは」とか、「これには色々事情がござって」とか、もごもごと言い訳したが、さっぱり言い訳にならなかった。

お蝶はお供えを丸め終わると、おしずに向き直った。

「おれがむささびの辰の娘だったら、どうしようと言うんだよ」

「おや、開き直ったのかえ。あたし等はそんな恐ろしい娘とこの長屋で住みたかないんだよ。とっとと出て行っておくれ」

「手前ェに命令される覚えはないわな。家主でもあるまいし、おれがどこに住もうとおれの勝手だ」

お蝶は怯まず口を返したが、顔色は真っ青だった。

「いけ図々しいにもほどがある。あんたのような娘がのうのうと生きているかと思や、世も末だよ、全く」

「お父っつぁんは確かに悪事を働いた。だからお裁きを受けたんじゃないか。皆んな、おれのお父っつぁんが引き廻された時、見物したろ？　いい気味だと石でもついでにぶつけたかえ」

「お蝶、もうよせ」

小左衛門はたまらず制した。だが、お蝶は止まらなかった。

「子供は親を選べないのさ。この先生だってそうさ。先生は、こんな小汚い裏店住まいするようなお人じゃないんだよ。てて親は旗本だよ。それをぴんしけんなどと子供の口調を真似て渾名で呼ぶなんざ無礼千万の話だ。ああ、そうとも。おれのおっ母さんはどぶ店の女郎で、お父っつぁんは盗賊だ。あはっ、笑っちゃうよ全く。だけど、それがおれのせいか？　はばかりながら、おれは生まれてからこの方、人様の物に手をつけたことがないんだ」

「どうだかわかるものか。これからは出かける時、鍵を掛けることにするよ」

おしずは憎々しげに吐き捨てる。お蝶はかッとして「手前ェは盗人が目をつけるようなご大層なお宝を持っているのか？　年がら年中、着たきり雀の手前ェが」と怒鳴った。

小左衛門は思わずお蝶の頰《ほお》に平手打ちをくれた。お蝶はぶたれた頰を押さえ、眼をいっぱいに見開いた。その眼には膨れ上がるような涙が浮かんでいた。お蝶はそのまま家の中に入ってしまった。

後に残された店子達の中に気まずい空気が流れた。

「おしずさんは、何も大声で喋ることもねぇだろうに」

大工の正吉は独り言のようにぶつぶつ言った。

「あたしが悪いって言うのかえ。あいつは盗人の娘だよ」

おしずは勝ち誇ったように言ったが、誰も相手にする者はいなかった。

お蝶は翌朝、小左衛門の家から出て行った。

小左衛門には何んの断りもなかった。朝起きたらお蝶の姿が消えていたのだ。ただ、教場の隅に置いた蒲団《ふとん》の上に「びんしけん」と書いた半紙が載せられていた。拙《つたな》い手跡ではあったが、紙いっぱいにはみ出さんばかりに書かれていた。店子達の前でお蝶を庇《かば》わなかった恨みが、その言葉に表されているような気がした。

お蝶、ああするしかなかったのだよ、小左衛門は胸で呟《つぶや》いた。しかし、それをお蝶に納得させることは難しい。自分はまだまだ手跡指南の師匠として不足があると小左衛門は反省した。

その日の昼前に江戸橋の岡っ引き政五郎《まさごろう》が訪れ、お蝶が政五郎の家に戻ったことを知らされた。

「先生、色々お世話になりやした」

政五郎は殊勝な面持《おもも》ちで頭を下げた。

「お蝶には可哀想《かわいそう》なことをした。頭を下げるのはわしの方だ」

「あいつは先生のかみさんになってもよかったんだなんて言っておりやしたよ」

政五郎は、そう言って苦笑した。途端、小左衛門の胸は大きく音を立てた。お蝶がそんなことを考えていたとは思いも寄らない。胸中に甘い気分が拡がり、小左衛門は落ち着かなかった。

「だが、手前ェがいれば他の人の迷惑になるから、結局、これでよかったそうです」

政五郎は、そんな小左衛門に構わず言う。

「迷惑などと……迷惑などとは一度も思ったことはない！」

小左衛門は甲高い声を上げた。

「先生……」

政五郎は怪訝な顔で小左衛門を見た。

「あのようなまっすぐな気性の娘は見たことがない。むささびの辰はよい娘を持ったものだ」

小左衛門は昂《たか》ぶった気持ちで言った。

「先生にそう言っていただけるのは心底、ありがてェですよ。帰ってお蝶に話してやります」

「気が変わったら、また手習いに来いと言ってくれ」

小左衛門はそれしかお蝶に伝える言葉が見つからなかった。

「わかりやした」

政五郎はそう言って帰って行った。


小左衛門は心のどこかでお蝶が戻って来ることを心待ちにしていたのかも知れない。お蝶がかみさんになってもよかったと言ったことが、小左衛門の気持ちを思わぬほど揺さぶっていた。学問ひと筋にやって来た小左衛門にとって、それが初めての恋だったのかも知れない。

しかし、梅が咲いても桜が咲いても、お蝶が市右衛門店に現れることはなかった。

お蝶が去って半年ほど経った頃、森野倉之丞が訪れ、お蝶が本所の鳶《とび》職の男の許へ嫁いだことを知らされた。

小左衛門は胸の中に空洞ができたような心地を味わった。なぜ自分はお蝶を妻にするために行動を起こさなかったのだろうと思った。

四十男の分別が邪魔をしたと言えばそれまでだが、お蝶に対して自分の気持ちを、もっと強く訴えておけばよかったのだ。政五郎を介してではなく、直接お蝶へ。自分はお前の親のことなど気にしない、と。

小左衛門は時々、未練がましくお蝶の手跡を取り出して眺めた。その度にほろ苦い気持ちになり、その度に「残念、閔子騫」と昔ながらの口癖を呟くのだった。

解説（講談社文庫版）

梶よう子

デビューしてから、まだ片手の指で足りるほどの年数しか経ていない私が！

十五年前、『幻の声　髪結い伊三次捕物余話』を書店で手にとって以来、宇江佐作品の一読者である私が！

宇江佐真理さんの文庫解説！

小心でへたれで気弱なせいか心臓がバクバクしている。

夢か現《うつつ》か幻か……まったくもって人生というものは、時として予想だにしないことが起きるものだが、本書『富子すきすき』はすでに単行本が刊行された際、拝読していた。

このたび、文庫化にあたり再び六編の物語と、登場人物たちに会える機会を得て、とても嬉しい（でも「堀留の家」でまた泣いてしまうかも）。

ひとつひとつの短編は独立したものでありながら、根底に流れているテーマは一貫している。

赤穂の浪士たちに討たれた吉良上野介の妻、富子の苦悩を描いた表題作の「富子すきすき」の他、古着屋で売られていた奇抜な柄の帯を手にした娘たち（「藤太の帯」）。兄と慕っていた幼馴染みへの恋が成就しなかった娘の行く先（「堀留の家」）。凶刃の前に立つ花魁《おいらん》（「おいらの姉さん」）。意気地と張りを通した辰巳芸者（「面影ほろり」）。盗人の娘が選んだ道（「びんしけん」）……と、それぞれの物語に登場する女たちがさまざまな岐路に立たされたとき、どのような選択をし、決断をするのか。戸惑い思い悩む姿が切なく描かれる。

そして、その女たちが選んだ行動が波紋を広げ、周囲の者たちをもまた岐路に導くことになる。

ひたむきな女たちの思いを受け入れる側にとって、それが希望に満ちたものであったりする一方で、とても辛く、物悲しい思い出の一幕になってしまったりもする。人がひとつの道を選ぶということは、その当事者の未来だけでなく、そこに関わる人々にも影響を与えるのだと知る。

私はひとりで生きていますなんて顔は決してしてはいけない。血縁があろうと、赤の他人であろうと、この世にいる限り人はなにかしらの絆《きずな》で結ばれているのだと、六編の物語は語ってくれるのだ。

昨年（二〇一一年）の夏、宇江佐さんとお会いする機会に恵まれた。ある出版社のPR誌で対談をセッティングしていただいたのだ。お顔は雑誌などで拝見したことはあったけれど、生《なま》宇江佐さんである。ただお目にかかるだけでなく、言葉を交わすのである。

どれほど緊張したかはご想像におまかせするとして、宇江佐さんはご自身が使用している資料本を自筆で書いてきてくださったり、

「こうしておかないと忘れちゃうのよね」

はにかみつつ、小説のヒントになりそうな新聞記事の切り抜きを手帳から取り出して見せてくださったりした。

この場を借りてぶちまけるのも気が引けるが、私の環境は宇江佐さんとちょっと似ている。

フリーランスの職業の夫と子どもがいる。デビューも子どもの手がかかる時期を過ぎてからなので、江戸時代なら隠居間近の老女にもなろうという歳だった。

さらにずうずうしくいわせていただくならば、妻として母として、作家として大大大先輩であると一方的にお慕い申し上げていた。なので、

「ご家族は？」

宇江佐さんに訊ねられた瞬間、口をついて出たのは相談というより、自分でも呆《あき》れ返るほどの愚痴《ぐち》だった。

職業を持っていた女性が家庭を持つのと、家庭を持っていた女性が職業を持つのとはまったく違う。生活が大きく変わる。

物書きを生業《なりわい》にしてから、締め切り前は部屋にこもるし、独り言をぶつぶついうし、家事はしないし……本人は好きで始めたことだもんねと開き直っているが、家族はたまったもんじゃなかっただろう。いままでのあたり前の生活があたり前でなくなってしまうのだ。けれど、これまでほとんど収入のなかった女房が母親が、なんだかちょっと懐《ふところ》が温かいみたいだと、皆が鼻をひくひくさせ始めた。

もちろん髪結いの亭主ではないにしろ、これまで締めていたぶん、緩《ゆる》くしたくなるのは当然といえば当然のことだ。

そんなこんなを、ああだこうだと愚痴ったりぼやいていると、

「いいじゃない。それで仕事でもなんでもやる気が出るっていうのなら、欲しいものをぽんと買ってやんなさいよ」

宇江佐さんはそういった。気持ちがいいくらいにすぱーんといい放った。

函館に江戸っ子がいた――。

大店《おおだな》の内儀《おかみ》に諭された気分がして、憑《つ》き物がすうと落ちたように楽になった。そのあとご自身のデビュー当時のことやご家族のお話をしてくださった。あまりに度量が広いので、とても真似できそうにありませんが……。

後日、対談の礼状をお出しすると、ほどなく返信が届いた。

本文とはべつに、はがきの隅に綴《つづ》られていたのは、「ご主人と娘さんたちと仲良くね」。やはり相当、愚痴をこぼしてたんだなぁと赤面しつつも、痛かった。

ちょっぴり悪戯《いたずら》っぽい笑みを浮かべながら記してくれたんじゃないかと勝手に想像しているのだが、「大切に」とか「大事に」とかではなく、「仲良く」がミソだ。

この「仲良く」は単なる優しさではなくて、心がけ次第でどうにでもなるから、腹《はら》を括《くく》ってやりなさいというメッセージであると受け止めさせていただいた。

私が選んだ職業は、いいか悪いかはべつにして、家族を十分に巻き込んでいる。ひとりで決めたことだけど、ひとりじゃないんだなぁと、今回『富子すきすき』を再読してあらためて思った。

江戸は過去の時代だ。風景も風俗も政治構造もまったく現代とは異なっている。時代小説はともすると架空の都市が舞台という感覚なのかもしれない。

けれどそうではなくて、いまを生きている私たちのご先祖さまをほんの三、四代遡《さかのぼ》れば、髷《まげ》を頭に載せた江戸期の人々だ。命はちゃんと繋がっている。

そう思うと江戸はとても身近になる。心はもっと近くなる。

これまで宇江佐さんの作品を読むたびに、江戸へダイブさせていただいた。恋する娘も、材木問屋の若旦那も、手跡指南の浪人も、まるで隣人のように接してくる。一緒に笑い、涙して、ときに悔しがる。

違和感なくその世界に溶け込めるのは、鮮やかに描き出される江戸の景色の中に、美しさも醜さもひっくるめて、変わることのない人間の本質を優しく厳しい眼で見つめ、温かく見守る宇江佐さんそのままがいるからなのだろう。

＊

「時代小説を書き続けるのでしょう？」

ためらわずに「はい」と答えると、

「そうよねえ」

宇江佐さんは笑った。

対談の最後に向けられた問いであったが、むろん私には他の選択肢などないわよ、という、作家・宇江佐真理自身の揺るがぬ思いを強く強く感じさせていただいた。


（かじようこ／作家）

解説（朝日文庫版）

細谷正充

宇江佐真理は短篇《たんぺん》作家である。もちろん映画化された『雷桜』を始め、印象的な長篇が多々ある。しかし著書を俯瞰《ふかん》すれば、連作短篇集や純然たる短篇集の方が多い。なにしろデビュー作からして、そうであった。

作者は、一九四九年、北海道函館市に生まれる。高校時代より創作の筆を執り、受験雑誌の投稿小説に佳作入選した。函館大谷女子短期大学を卒業し、会社勤めを経て主婦となる。一九九五年、「幻の声」で、第七十五回オール讀物新人賞を受賞。選考委員は、ほぼ満場一致で本作を支持したそうだ。ちなみに選考委員の村松友視は選評で、「私がもっとも評価したのは、ここに描かれる人間関係は、現代小説としても十分に成り立つという点だった」と称揚している。

その後、「幻の声」は短篇連作「髪結い伊三次捕物余話」シリーズへと発展。髪結いの傍ら、町方同心の小者（手先）を務めている伊三次と、その恋人から妻になる深川芸者・文吉の人生行路は、読者の大きな支持を集めた。また、他にも多数の連作短篇集や短篇集を上梓《じょうし》。二〇〇〇年に第二十一回吉川英治文学新人賞を受賞した『深川恋物語』と、二〇〇一年に第七回中山義秀文学賞を受賞した『余寒の雪』も、共に短篇集であった。このことからも、作者の短篇のレベルの高さが分かるだろう。もちろん、優れた短篇集である本書を開けば、一〝読〟瞭然である。

本書『富子すきすき』は、二〇〇九年三月に講談社から刊行された。収録されているのは六作。冒頭の「藤太の帯」(「KENZAN!」七号〈二〇〇八年十一月〉)は、神田にある煙草《たばこ》屋の病弱な娘・おゆみが、柳原の古着屋で見かけた帯を買う。俵藤太の百足《むかで》退治が描かれた、ちょっと変わった帯だ。お守りになるかと思われた帯だが、おゆみはあっさりと死亡。残された帯は、彼女の友人だった娘たちの間を転々とすることになる。

何らかの物が登場人物の間を転々として、それぞれのドラマが生まれる。このような形式の物語は、小説や映画に散見する。本作はその形式を踏襲しながら、帯を手にした娘たちが家庭の問題に対して前向きになる、気持ちのよいエピソードが並べられていくのだ。

ただし単なる、いい話ではない。俵藤太と登場人物たちの、どこまで本気にしていいのか分からない関係。帯の持つ力(?)の、あやふやさ。帯を売った古着屋がラストで見せた、ヒヤリとする表情。どこか割り切れないストーリーが、人生の奥深さを感じさせる。冒頭を飾るに相応《ふさわ》しい、読みごたえのある作品だ。

「堀留の家」（『しぐれ舟――時代小説招待席』二〇〇三年九月）は、深川の干鰯問屋《ほしかどいや》の手代をしている弥助が主人公。元岡っ引きの鎮五郎が、訳ありの子供たちを引き取っていた〝堀留の家〟で世話になった過去がある。父親から虐待を受け、捨てられたからだ。しかし自分の過去を思い出させる堀留の家に、弥助は足を向ける気になれなかった。

鬱屈した心を抱える主人公が、過去に折り合いをつけるというと、よくある物語に思える。だが内容は、一筋縄ではいかない。やはり堀留の家で育ち、今は弥助と同じ干鰯問屋で働くおかなの扱いが、実に巧みなのである。この人物配置なら、こうなるだろうという読者の予想を軽く裏切り、弥助とおかなの人生を堪能させてくれるのだ。

「富子すきすき」（「季刊歴史ピープル」一九九九年新春号）の、タイトルに採られている女性は、高家筆頭・吉良上野介の妻の富子のこと。本書の中で唯一、実在人物を主役にした歴史小説になっている。とはいえ物語のテイストは、他の作品と通じ合っている。作者が常に、人間を見つめているからだ。

赤穂《あこう》浪士の討ち入りに、江戸の庶民は喝采をおくった。しかし富子は、江戸城松の廊下の刃傷から幕を開けた、一連の騒動の成り行きが理解できない。なぜ、夫の上野介が殺されなければならないのか。なぜ、吉良家の跡継ぎの義周は配流になったのか。どうして討ち入りが義挙になるのか。理不尽に見舞われた女性の心理を作者は、落ち着いた筆致で掘り下げた。切ない「忠臣蔵」異聞なのである。

「おいらの姉さん」(「小説現代」二〇〇七年十月号)は、花の吉原が舞台だ。吉原で生まれ育ち、今は引き手茶屋に奉公している沢吉。花魁《おいらん》の九重にひそかに惚《ほ》れているが、周囲にはバレバレのようである。そんなとき、九重に入れあげた武士の客が騒動を起こす。

ネタバレになるので詳しく書けないが、本作は沢吉が永遠となる一瞬を手に入れる物語といえる。騒動の後に、沢吉の人格が変わったのは当然のこと。なぜなら、それまでの沢吉は、永遠の一瞬に囚《とら》われてしまったのだから。作者は、ひとりの男の人生を決めた瞬間を、見事に描き切ったのである。

「面影ほろり」(「小説現代」二〇〇八年四月号)は、材木問屋の主の息子の市太郎が、母親の病気により、辰巳芸者の浅吉の家に預けられる。まだ幼い市太郎は、我儘《わがまま》だが鷹揚《おうよう》。浅吉の家も、新しい手習所も楽しかった。だが、予想外の騒動が……。どんなに恵まれた環境の人であろうと、過ぎ去った時間を取り戻すことはできない。

嬉《うれ》しいことも楽しいこともあった浅吉の家での生活は、思い出の中にしかないのだ。こうした過去への、身もだえするような追憶は、誰でも体験するものだろう。ゆえに本作から伝わってくる、大人になった市太郎の心情が、読者の感傷を誘うのである。

「びんしけん」（「小説現代」二〇〇九年一月号）は、曲折を経て長屋で手習所の師匠をしている吉村小左衛門が主人公。四十になっても独身だが、日々の暮らしに満足していた小左衛門。だが盗賊の娘・お蝶を預かったことで、彼の日常にさざ波が立つ。

これは、人生の要所を捉えそこなった男の物語である。「堀留の家」同様、読者の予想を裏切る展開から、人間の切なさが伝わってきた。また小左衛門は手習の最中に、「残念、閔子騫《びんしけん》」という時代遅れの洒落《しやれ》をよく使うという設定がある。これがビシッと決まったラストに繋《つな》がっていくのだ。そして、要所を捉えそこねても人生は続くことを教えてくれる。ほろ苦いが、どこか温かさを感じさせる秀作だ。

さて、以上六篇を眺めて、あらためて思うのは、作者の小説の巧《うま》さである。設定も内容もバラバラだが、どれも楽しく読ませる。そして、すべての作品で、主人公たちの人生に夢中にさせるのである。作者はエッセイ集『ウエザ・リポート　見上げた空の色』に収録されている「私と江戸時代」の中で、

「江戸時代から我々が学ばなければならないことは何だろうか。それは取りも直さず、

人間の生き方にほかならない。私を含める多くの時代小説家達は、それを際立たせるために、現代生活に組み入れられるようになった数々の便利と、海外の情報、新しい道徳観念を敢《あ》えて排除した物語を世に問うているのだと思う」

といっている。人間の生き方を赤裸々に見つめるのに適したジャンルとして、作者は時代小説を選択したのだろう。その選択が成功したことは、本書を読めばよく分かるのだ。だから人々の喜怒哀楽に心地よく酔って、宇江佐作品を〝すきすき〟といいたくなるのである。

（ほそや　まさみつ／文芸評論家）

富子《とみこ》すきすき

朝日文庫

2022年5月30日　第1刷発行

著　者　宇江佐真理《うえざまり》

発行者　三宮博信
発行所　朝日新聞出版
〒104-8011　東京都中央区築地5-3-2
電話　03-5541-8832(編集)
03-5540-7793(販売)

印刷製本　大日本印刷株式会社

© 2012 Ito Kohei
Published in Japan by Asahi Shimbun Publications Inc.
定価はカバーに表示してあります

ISBN978-4-02-265043-6

落丁・乱丁の場合は弊社業務部(電話 03-5540-7800)へご連絡ください。

送料弊社負担にてお取り替えいたします。

葉室　麟
この君なくば
伍代藩士の譲と栞は惹かれ合う仲だが、譲は密命を帯びて京へ向かうことに。やがて栞の前に譲に心を寄せる女性が現れて。《解説・東えりか》

葉室　麟
柚子《ゆず》の花咲く
少年時代の恩師が殺された事実を知った筒井恭平は、真相を突き止めるため命懸けで敵藩に潜入する――。感動の長編時代小説。《解説・江上　剛》

葉室　麟
風花帖《かざはなじょう》
小倉藩の印南新六は、生涯をかけて守ると誓った女性・吉乃のため、藩の騒動に身を投じていく――。感動の傑作時代小説。《解説・今川英子》

山本　一力
欅《けやき》しぐれ
深川の老舗大店・桔梗屋太兵衛から後見を託された霊巌寺の猪之吉は、桔梗屋乗っ取り一味に一世一代の大勝負を賭ける！《解説・川本三郎》

山本　一力
五二屋傳蔵《ぐにやでんぞう》
幕末の江戸。鋭い眼力と深い情で客を迎える質屋「伊勢屋」の主・傳蔵と盗賊頭の龍冴、男たちの知略と矜持がぶつかり合う。《解説・西上心太》

山本　一力
たすけ鍼《ばり》
深川に住む染谷《せんこく》は〝ツボ師〟の異名をとる名鍼灸師。病を癒やし、心を救い、人助けや世直しに奔走する日々を描く長編時代小説。《解説・重金敦之》

山本　一力
立夏の水菓子
たすけ鍼《ばり》
人を助けて世を直す——深川の鍼灸師・染谷の奔走を人情味あふれる筆致で綴る。疲れた心にもじんわり効く名作時代小説『たすけ鍼』待望の続編。

山本　一力
辰巳八景
深川の粋と意気地、恋と情け。長唄「巽八景」をモチーフに、下町の風情と人々の哀歓が響き合う珠玉の人情短編集。《解説・縄田一男》

池波　正太郎
新年の二つの別れ
新装版
幼い頃に離別し、晩年に再会した「父」、郷愁をさそう「ポテト・フライ」、時代小説の創作秘話「私のヒーロー」など。珠玉のエッセイ五一編。

池波　正太郎
一年の風景
新装版
飼猫サムとの暮らし「人間以外の家族」、祖母の作る海苔弁「昔の味」、心安らぐ「日本の宿」など。円熟のエッセイ四二編。《解説・平松洋子》

永井　義男
図説　吉原事典
最新の文化やファッションの発信地でもあった江戸最大の遊興場所・吉原の表と裏を、浮世絵と図版満載で解説。時代小説・吉原ファン必携の書。

森　光子
春駒日記
吉原花魁《おいらん》の日々
一九歳で吉原に売られた光子。「恥しさ、賤しさ、浅ましさの私の生活そのまま」を綴った衝撃の書、約八〇年ぶりの復刻。《解説・紀田順一郎》

朝日文庫

あさの　あつこ
花宴《はなうたげ》
武家の子女として生きる紀江に訪れた悲劇——。過酷な人生に凛として立ち向かう女性の姿を描き夫婦の意味を問う傑作時代小説。《解説・縄田一男》

五十嵐　佳子
むすび橋
結実の産婆みならい帖
産婆を志す結実が、それぞれ事情を抱えながらも命がけで子を産む女たちとともに喜び、葛藤しながら成長していく。感動の書き下ろし時代小説。

永井　路子
源頼朝の世界
鎌倉幕府を開いた源頼朝。その妻の北条政子と弟の北条義時……。激動の歴史と人間ドラマを描いた歴史エッセイ集。《解説・尾崎秀樹、細谷正充》

堺屋　太一
鬼と人と（上）
信長と光秀
天下布武に邁進する織田信長と、その忠実な家臣足らんとする明智光秀。両雄の独白形式によって、互いの心中を炙り出していく歴史巨編。

堺屋　太一
鬼と人と（下）
信長と光秀
信長から領地替えを命じられた光秀は屈辱に震える。両雄の考えのすれ違いは本能寺で決着を見るが、信長は、その先まで見据えていた。

細谷正充・編／宇江佐真理／北原亞以子／杉本苑子／半村良／平岩弓枝／山本一力／山本周五郎・著
情に泣く
朝日文庫時代小説アンソロジー　人情・市井編
失踪した若君を探すため物乞いに堕ちた老藩士、家族に虐げられ娼家で金を毟られる旗本の四男坊など、名手による珠玉の物語。《解説・細谷正充》

細谷正充・編／安西篤子／池波正太郎／北重人／
澤田ふじ子／南條範夫／諸田玲子／山本周五郎・著

悲恋
朝日文庫時代小説アンソロジー　思慕・恋情編

夫亡き後、舅と人目を忍ぶ生活を送る未亡人。父を斬首され、川に身投げした娘と牢屋奉行跡取りの運命の再会。名手による男女の業と悲劇を描く。

細谷正充・編／青山文平／宇江佐真理／西條奈加／
澤田瞳子／中島　要／野口　卓／山本一力・著

なみだ
朝日文庫時代小説アンソロジー

貧しい娘たちの幸せを願うご隠居「松葉緑」、親子三代で営む大繁盛の菓子屋「カスドース」など、ほろりと泣けて心が温まる傑作七編。

細谷正充・編／池波正太郎／梶よう子／杉本苑子／
竹田真砂子／畠中　恵／山本一力／山本周五郎・著

おやこ
朝日文庫時代小説アンソロジー

養生所に入った浪人と息子の嘘「二輪草」、歌舞伎の名優を育てた養母の葛藤「仲蔵とその母」など、時代小説の名手が描く感涙の傑作短編集。

朝井まかて／安住洋子／川田弥一郎／澤田瞳子／
山本一力／山本周五郎／和田はつ子・著／末國善己・編

いのち
朝日文庫時代小説アンソロジー

江戸期の町医者たちと市井の人々を描く医療時代小説アンソロジー。医術とは何か。魂の癒やしとは？　時を超えて問いかける珠玉の七編。

菊池仁・編／有馬美季子／志川節子／中島要／
南原幹雄／松井今朝子／山田風太郎・著

吉原饗宴
朝日文庫時代小説アンソロジー

売られてきた娘を遊女にする裏稼業、身請け話に迷う花魁の矜持、死人が出る前に現れる墓番の爺など、遊郭の華やかさと闇を描いた傑作六編。

今井絵美子／宇江佐真理／梶よう子／北原亞以子／
坂井希久子／平岩弓枝／村上元三／菊池仁編

江戸旨いもの尽くし
朝日文庫時代小説アンソロジー

鰯の三杯酢、里芋の田楽、のっぺい汁など素朴で旨いものが勢ぞろい！　江戸っ子の情けと絶品料理に癒される。時代小説の名手による珠玉の短編集。

宇江佐 真理
憂《う》き世店《よだな》
松前藩士物語

江戸末期、お国替えのため浪人となった元松前藩士一家の裏店での貧しくも温かい暮らしを情感たっぷりに描く時代小説。《解説・長辻象平》

宇江佐 真理
うめ婆《ばあ》行状記

北町奉行同心の夫を亡くしたうめ。念願の独り暮らしを始めるが、隠し子騒動に巻き込まれてひと肌脱ぐことにするが。《解説・諸田玲子、末國善己》

宇江佐 真理
深尾くれない

深尾角馬は姦通した新妻、後妻をも斬り捨てる。やがて一人娘の不始末を知り……。孤高の剣客の壮絶な生涯を描いた長編小説。《解説・清原康正》

宇江佐 真理／菊池 仁・編
酔いどれ鳶
江戸人情短編傑作選

夫婦の情愛、医師の矜持、幼い姉弟の絆……。江戸時代に生きた人々を、優しい視線で描いた珠玉の六編。初の短編ベストセレクション。

梶 よう子
ことり屋おけい探鳥双紙

消えた夫の帰りを待ちながら小鳥屋を営むおけい。時折店で起こる厄介ごとをときほぐし、しなやかに生きるおけいの姿を描く。《解説・大矢博子》

畠中 恵
明治・妖《あやかし》モダン

巡査の滝と原田は一瞬で成長する少女や妖出現の噂など不思議な事件に奔走する。ドキドキ時々ヒヤリの痛快妖怪ファンタジー。《解説・杉江松恋》